辽宁省社会科学规划基金项目：明清文体视域下的小说与宝卷（课题编号：L21BZW008）研究成果

明清小说与宝卷互动关系研究

郭峪良◎著

中国戏剧出版社
CHINA THEATRE PRESS

图书在版编目（CIP）数据

明清小说与宝卷互动关系研究 / 郭峪良著. -- 北京：中国戏剧出版社，2022. 12（2025. 3 重印）

ISBN 978-7-104-05310-1

Ⅰ. ①明… Ⅱ. ①郭… Ⅲ. ①古典小说－小说研究－中国－明清时代②宝卷（文学）－文学研究－中国－明清时代 Ⅳ. ①I207.41 ②I207.76

中国版本图书馆 CIP 数据核字（2022）第 237012 号

明清小说与宝卷互动关系研究

责任编辑： 肖　楠
项目统筹： 康祎宁
责任印制： 冯志强

出版发行： 中国戏剧出版社
出 版 人： 樊国宾
社　　址： 北京市西城区天宁寺前街 2 号国家音乐产业基地 L 座
邮　　编： 100055
网　　址： www.theatrebook.cn
电　　话： 010-63385980（总编室） 010-63381560（发行部）
传　　真： 010-63381560

读者服务： 010-63381560
邮购地址： 北京市西城区天宁寺前街 2 号国家音乐产业基地 L 座

印　　刷： 北京鑫益晖印刷有限公司
开　　本： 787mm×1092mm　1/16
印　　张： 7.75
字　　数： 140 千字
版　　次： 2022 年 12 月　北京第 1 版第 1 次印刷
2025 年 3 月　北京第 1 版第 2 次印刷
书　　号： ISBN 978-7-104-05310-1
定　　价： 50.00 元

前 言

1904年，王国维发表《红楼梦评论》这标志着中国现代意义上的中国小说研究掀开序幕。1919年五四新文化运动前后，以胡适有关中国古代小说名著的系列考证与鲁迅的《中国小说史略》为代表，学术界更自觉地将古代小说当作一门学问来研究，对小说的研究也越来越深入，越来越多。

宝卷是在宗教和民间信仰活动中，按照一定仪轨演唱的说唱文本。宝卷源于唐代佛教的"俗讲"，后受宋代说经、诸宫调、鼓子词的影响，至元末明初始有宝卷之名。宝卷旨在宣传因果报应和修道度世，具有浓厚的宗教色彩，现在河西、江浙等地仍有传唱，成为人们立言、立德的标准，表现出特有的教化作用。宝卷是涵盖了文化艺术和宗教信仰的宝库，有其特殊的研究价值。20世纪二三十年代以来，宝卷研究逐渐成为文学、宗教学、民俗学和社会学等领域的热门。中国宝卷的研究肇始于顾颉刚和郑振铎。顾颉刚将宝卷推荐给学术界，而郑振铎则将宝卷纳入通俗文学的研究范围，对宝卷的开端研究具有重大影响。20世纪五六十年代，李世瑜、胡士莹、濮文起等学者对流传下来的宝卷进行了系统的整理与研究，全国各地掀起宝卷研究热。自李世瑜提出"宝卷学"，宝卷逐步成为一门新的学科，实现了与诸多学科的交融，向研究角度的多元化转变。

对宝卷的研究至今，已历时近一个世纪，研究者主要集中在宝卷文体的起源与发展、宣卷仪轨以及其宗教、文化意义的研究阶段，而对同处叙事文学系统中的宝卷与小说两种文体之间的相互联系研究很少。

在内容上，本书共分为五个章节，第一章为绪论，主要从研究对象、研究现状、选题意义、研究设想四个方面展开论述；第二章为小说与宝卷的发展轨迹，主要围绕萌发期的小说与宝卷、发展期的小说与宝卷、繁荣期的小说与宝卷三个方面展开论述；第三章为小说与宝卷的文体关系，依次介绍了小说与宝卷之异、小说与宝卷之同两个方面的内容；第四章为宝卷对小说的接受，依次介绍了小说内容与形式对宝卷的渗透、宝卷对小说的改编方式、宝卷改编小说的特点三个方面的内容；本书第五章为宝卷对小说的影响，分为两部分内容，依次是宝卷为小说提供写作素材、宝卷推动小说的广泛传播。

在撰写本书的过程中，作者得到了许多专家学者的帮助和指导，参考了大量的学术文献，在此表示真诚的感谢。本书内容系统全面，论述条理清晰、深入浅出，但由于作者水平有限，书中难免会有疏漏之处，希望广大同行及时指正。

郭峪良

2022 年 9 月

目　录

第一章　绪论

第一节　研究对象

本书将研究目光聚焦于明清时期小说与宝卷两种文体的互动关系上，该选题中的两个对象分别是“小说”和“宝卷”。作为独立的研究对象，无论小说还是宝卷，相关成果都可谓丰硕，即便将二者联系起来进行比较考察的研究，也并不鲜见，但从“互动”的角度出发，分析、阐释二者在生产、传播过程中相互作用、影响、生发的动态关系的研究却不多。故本书拟从该角度出发，通过比较，梳理明清时期小说与宝卷的“同”与“异”、“接受”与“扬弃”，借此探讨通俗叙事文学发展的一般规律和个性特征。

小说，在明清时期可谓“一代之文学”，经过宋元两代的发展、积累，此时已经到了中国古代小说的鼎盛期，体式纷繁，题材广泛，经典众多。以成就颇高的章回体小说为例，开山式扛鼎之作都出现于该时期，历史演义有《三国演义》，英雄传奇有《水浒传》，神魔小说有《西游记》《封神演义》，人情小说有《金瓶梅》《红楼梦》，讽刺小说有《儒林外史》，等等。小说的传播程度在明清时期也是非常高的，读者的接受方式相对多元化，其中说唱文学由于其样式为民众所喜闻乐见，且传播成本相对较低，成为辅助小说传播的重要力量，宝卷就是其中一种。

宝卷，是一种十分古老的、在宗教（主要是佛、道等正统宗教和明清各民间教派）和民间信仰活动中，按照一定的仪轨演唱的说唱文本。[①] 宝卷源自唐代俗讲，真正产生则是在宋元时期。目前学界大多将南宋时期的《金刚科仪》和元代《目连救母出离地狱生天宝卷》视为中国最早期的宝卷。从现存的资料来看，宝卷从诞生初期，就与宗教就有着密不可分的联系。在孕育期，唐代的佛教俗讲、宋代

① 车锡伦：中国宝卷研究 [M]. 桂林：广西师范大学出版社，2009。

佛教僧侣为世俗信徒所作的法会道场，都为宝卷产生提供了必要的文体准备。明代前期是佛教宝卷的主要发展阶段，这一时期的佛教宝卷基本都是释讲佛经或演说菩萨本生故事。明中期之后，随着民间教派的发展，宝卷的发展进入民间教派宝卷阶段，内容以宣讲、敷演教义为主。直到清中期之后，民间宝卷发展呈现繁荣态势，讲述文学故事的民间宝卷成为此时的主流。①

小说与宝卷的发展在明清时期明显交汇，前者处于高产的鼎盛期，后者也进入其自身的繁荣期。同样作为叙事性文体，小说与宝卷有着天然的共同性，又由于主要在通俗文化领域传播，二者享受着相同、相近的“生产—消费”语境，但作为不同的文学样式，两者之间也存在着明显的差异。小说作为成熟的叙事文学，在多方面向宝卷提供了可以汲取的文化艺术元素，宝卷也在其传播过程中，为小说的发展创造了更多的可能。分析其中的互动关系，可以帮助我们更加明晰地了解明清时期叙事文学的发展轨迹及内在规律，进而探讨中国古代通俗文学生产、传播中的相关问题。

第二节　研究现状

宝卷虽然已有 800 余年的历史，但学界对它的研究却起步很晚。究其原因，一方面由于它的民间通俗性难以引起传统学者的重视；另一方面，宝卷文献零散缺失，也难以对其形成系统深入的探究。虽然目前宝卷已受到学界越来越多的重视，但比较而言，相关研究仍然缺乏深度与系统性。

20 世纪以来对宝卷的研究大体可分为三个阶段：第一阶段是宝卷研究的初始期（1920—1949）。这一时期，学界刚刚将目光转向宝卷这种文体，相关研究主要是对宝卷性质、源流等文体特性的考辨与认定。第二阶段是宝卷研究的沉淀期（1950—1980）。这一时期由于社会大环境的原因，宝卷的搜集与研究进入一个相对停滞期。第三阶段是宝卷研究的全面发展期（1981 年至今）。这一时期，由于西方理论方法的引入，以及研究者深入的田野调查，对宝卷的文献搜集和整理取得长足发展，阐释深度也进一步加强，宝卷研究呈现出一个多元化态势。

---

① 车锡伦：中国宝卷研究 [M]. 桂林：广西师范大学出版社，2009。

一、宝卷体制形态的研究

最早将宝卷纳入学术研究视野的是顾颉刚先生。他于1924—1925年在《歌谣周刊》发起孟姜女故事研讨时，全文刊登了《孟姜仙女宝卷》，并称："宝卷的起源甚古。"与此同时，郑振铎先生也开始注意搜集和研究宝卷，他在《三十年来中国文学新资料的发现史略》一文中专列一节讨论宝卷，并指出"宝卷是变文的嫡系儿孙"，且产生年代可追溯到宋初。① 自此之后，学界对宝卷的关注逐渐增多，其中对宝卷的渊源、性质、产生与分类始终是讨论的重点。

受郑振铎的影响，向达发表了《明清之际之宝卷文学与白莲教》一文，着重辨析了宝卷的宗教性质，指出："这些作品总自有其宗教上的目的，并不能视为文学的作品。……倒是研究明清之际白莲教一类秘密教门的一宗好材料。"并将《破邪详辨》中所涉宝卷编成了目录，对其中一部分宝卷做了简要的介绍。②1957年，李世瑜先生发表了《宝卷新研——兼与郑振铎先生商榷》一文，将宝卷分成三类："演述秘密宗教道理的""袭取佛道教经文或故事以宣传秘密宗教的""杂取民间故事传说或戏文等的"，并否定了郑振铎关于宝卷是变文"别称"的说法，认为变文是服务于佛经的，而宝卷则是服务于民间各种秘密宗教的，同时还论证了宝卷的产生时间为明正德年间。③ 但学界依旧多遵从郑振铎先生的结论。而车锡伦在《中国宝卷的发展、分类及其社会文化功能》一文中，提出了与郑振铎不一致的观点，认为"宝卷的渊源可以追溯到唐代佛教的俗讲"④。随后，又陆续发布相关论文《中国宝卷的渊源》⑤、《中国宝卷的形成及其演唱形态》⑥、《宝卷的形成和早期的佛教宝卷》⑦、《形成期之宝卷与佛教之忏法、俗讲和"变文"》⑧ 等，尤其他出版的《中国宝卷研究》⑨，可以说是当代宝卷研究的集大成者。该书对宝卷的整个体制形态进行了深入考证和详细论说，并将宝卷的性质、功能总结概括为教化、信仰、娱乐于一体，同时又将宝卷进行了重新归类，即佛教宝卷、教派宝卷、民

---

① 郑振铎：三十年来中国文学新资料的发现史略 [J]. 文学，1934，2（6）。
② 向达：明清之际之宝卷文学与白莲教 [J]. 文学，1934（6）。
③ 李世瑜：宝卷新研——兼与郑振铎先生商榷 [A]. 文学遗产增刊 [C]. 北京：作家出版社，1957。
④ 车锡伦：中国宝卷的发展、分类及其社会文化功能 [A]. 中国文学的多层面探讨国际学会议论文集 [C]. 台湾大学中文系，1996。
⑤ 车锡伦：中国宝卷的渊源 [J]. 扬州大学学报，2000（5）。
⑥ 车锡伦：中国宝卷的形成及其演唱形态 [J]. 敦煌研究，2003（2）。
⑦ 车锡伦：宝卷的形成和早期的佛教宝卷 [J]. 文史知识，2006（1）。
⑧ 车锡伦：形成期之宝卷与佛教之忏法、俗讲和"变文" [J]. 民族文学研究，2011（1）。
⑨ 车锡伦：中国宝卷研究 [M]. 桂林：广西师范大学出版社，2009。

间宝卷。前两类又合称宗教宝卷。佛教宝卷的发展期是宋代至明正德年间，教派宝卷的发展期则在明正德至康熙年间，康熙年间之后便是民间宝卷的发展时期。这一观点及分类的提出得到学界的广泛认可，之后的研究者多延用这一结论。

二、宝卷的宗教属性研究

从诞生之初的正统宗教，到后期的民间秘密宗教，宝卷的产生与发展始终离不开宗教的特殊语境，因此，学界对其中的宗教与信仰研究自然也是最为集中的。

向达是最早将宝卷纳入民间宗教研究范畴的，其《明清之际之宝卷文学与白莲教》一文即论证了宝卷与白莲教之关系。自此开启学界对宝卷宗教学的研究。

1985 年，来新夏发表的《〈破邪详辩〉初探》[①] 进一步论述了宝卷是白莲教及其支派的宣传作品。同一时期，段平的《论“宝卷”的宗教色彩和艺术特征》[②] 认为宝卷属于宗教文学，有着“善有善报，恶有恶报”的佛道思想。之后，车锡伦的《佛教与中国宝卷》[③]、《明代的佛教宝卷》[④] 全面探讨了宝卷在体制、内容、思想上深受佛教影响。马西沙在《宝卷与道教的炼养思想》[⑤] 中指出，明清时期各种民间宗教都受到道教的影响，特别是内丹道炼养思想，而作为民间教派布道书的宝卷，含有庞杂而又丰富的炼养思想。

除了这种综合考察宝卷的宗教性外，还有很多研究者从具体文本入手，论证宝卷与各教派之关系。韩秉方的《罗教“五部六册”宝卷的思想研究》[⑥] 通过对《苦功悟道卷》《叹事无为卷》等宝卷的思想分析，探讨了无为教的教义与理念。吴光正的《何仙姑宝卷的宗教内涵》[⑦] 通过几部有关何仙姑的宝卷，解析出其所宣扬的有关魔考、敦伦、收元、炼丹的宗教理论知识。车锡伦《新发现的清初南无教〈泰山圣母苦海宝卷〉》[⑧] 则通过南无教女教首尹喜编的这部宝卷，向世人介绍了南无教的有关活动，以及泰山女神在民间的巨大影响。

在民间信仰方面，方梅的《江浙宝卷中神鬼信仰体系及其内涵浅探》[⑨] 一文，

---

① 来新夏：破邪详辩初探 [J]. 安徽史学，1985（3）。
② 段平：论“宝卷”的宗教色彩和艺术特征 [J]. 兰州大学学报，1985（3）。
③ 车锡伦：佛教与中国宝卷 [J]. 圆光佛学学报，1992（4）。
④ 车锡伦：明代的佛教宝卷 [J]. 民俗研究，2005（1）。
⑤ 马西沙：宝卷与道教的炼养思想 [J]. 世界宗教研究，1994（3）。
⑥ 韩秉方：罗教“五部六册”宝卷的思想研究 [J]. 世界宗教研究，1986（4）。
⑦ 吴光正：何仙姑宝卷的宗教内涵 [J]. 宗教学研究，2004（1）。
⑧ 车锡伦：新发现的清初南无教《泰山圣母苦海宝卷》[J]. 河南教育学院学报，2009（1）。
⑨ 方梅：江浙宝卷中神鬼信仰体系及其内涵浅探 [J]. 东南文化，1993（3）。

通过对《至尊宝卷》《灶君宝卷》《地藏宝卷》等宝卷的分析，解读了江浙一带有关的天庭神、人间神、地狱神信仰。刘永红在《明清宗教宝卷中的西王母形象与信仰》[①]中认为明清之际不少民间教派编撰了很多与西王母神话有关的宝卷，从而推动了这一时期西王母形象神格化的进程，扩大了民间西王母信仰的传播范围。王欢的《中国民间的财神信仰与财神宝卷研究》[②]则以财神宝卷为依托，深入探讨了民间大众对财富的追求向往，以及以财神“人格化”为标志的财神信仰的形成过程，进而论述了宝卷的文学特征、文化内涵以及社会多元功能。陆永峰的《论宝卷中的民间冥府信仰》[③]指出，在明清时期以宝卷为媒介的冥府信仰盛行一时，而其宣扬的因果报应和轮回观念对民间社会的伦理道德和行为规范起着重要的作用。张灵、孙逊的《从宝卷对小说的改编看民间多神信仰的历史生成》[④]从宝卷改编小说的角度分析了宝卷在民间信仰的推广方面所扮演的重要角色，认为在民间多神信仰的生成过程中，宝卷是其定型与成熟的重要一环。戴明月的《吴语区宝卷的土地信仰》[⑤]以吴语地区的宝卷为研究文本，又以宝卷中的土地信仰为研究中心，着重论述了该地区土地信仰的由来、发展与特征，并进一步探讨了土地信仰在吴方言地区宝卷中的特殊表现。李志鸿在《后土信仰与中国民间信仰》[⑥]中指出后土（在民间又被称为后土老母、地母娘娘等）信仰在民间社会的影响很大，其与无生老母信仰渊源甚深。而民间大众对后土的崇拜，往往又是在《先天元始土地宝卷》《承天效法后土皇帝道源度生宝卷》《地母宝卷》《土皇宝卷》等宝卷的宣卷仪式中落实和推广的，体现着中国民间宗教的传承。陈泳超《〈太姥宝卷〉的文本构成及其仪式指涉》[⑦]、《靖江〈大圣宝卷〉的信仰与文学渊源》[⑧]都是通过研究当地的宣卷活动，分析出民间信仰在文本生成过程中所起到的决定作用。

三、宝卷的文学性研究

尽管宝卷具有浓厚的宗教色彩，但在清康熙之后，其文学性逐渐增强，形成

① 刘永红：明清宗教宝卷中的西王母形象与信仰 [N]. 青海日报，2011-07-20。
② 王欢：中国民间的财神信仰与财神宝卷研究 [D]. 扬州：扬州大学，2010。
③ 陆永峰：论宝卷中的民间冥府信仰 [J]. 民族文学研究，2011（4）。
④ 张灵、孙逊：从宝卷对小说的改编看民间多神信仰的历史生成 [J]. 明清小说研究，2013（2）。
⑤ 戴明月：吴语区宝卷的土地信仰 [D]. 扬州：扬州大学，2016。
⑥ 李志鸿：后土信仰与中国民间信仰 [J]. 世界宗教文化，2018（3）。
⑦ 陈泳超：《太姥宝卷》的文本构成及其仪式指涉 [J]. 民族文学研究，2017（2）。
⑧ 陈泳超：靖江《大圣宝卷》的信仰与文学渊源 [J]. 中山大学学报，2018（3）。

了区别于早期宗教宝卷的民俗文学宝卷。最早将宝卷纳入研究视野的顾颉刚与郑振铎先生，即是从俗文学角度对其进行肯定与解读的。随后，宝卷的文学性研究持续不断，尤其在80年代，随着西方文学理论的大量译介，学界对宝卷的文学艺术研究更为多元化。

薛宝琨、鲍震培在《中国说唱艺术史论·明清宝卷通论》① 中便用结构主义的分析方法，对民间宝卷的12种俗文学故事类型和母题进行了深入分析。曾友志的《宝卷故事之研究》② 选取了80余种故事宝卷，并将故事学中“情节单元”的概念引入宝卷研究中，对其内容、结构、情节、人物等进行理论分析，开拓了宝卷研究的新视角。虞卓娅的《〈雷峰塔〉传奇与〈雷峰宝卷〉》③ 将文人作品方成培的《雷峰塔》传奇与民间文学的《雷峰宝卷》进行了比较，通过比较性格化与伦理化的情节、比较现实化与理想化的人物，分析了不同思想文化因素下的差异化的审美价值。孙小霞的《酒泉宝卷与话本小说的文体共性初探》④ 从体制形态、题材内容及叙事模式三个方面对酒泉宝卷和宋元话本的异同进行了比较，认为宝卷最初借鉴了宋元话本的体制形式，之后逐渐又引入话本的内容和叙事手法。李凤英的《探论河西宝卷中的儿童文学及儿童形象》⑤ 以儿童文学视角爬梳整理河西宝卷，将其分为纯粹的儿童文学类宝卷和含有丰富儿童文学资源类宝卷，于宝卷中勾勒出一幅独特的儿童文学景观，展现出一种新的宝卷研究动态。张灵的《宝卷对小说的改编及其民间文学特征的彰显》⑥ 认为宝卷与小说皆为叙事文学，所以二者在题材上多有重合现象，并通过研究宝卷对小说的3种改编方式论述了宝卷在思想和艺术层面所体现出的民间文学特征。丁一清的《西北宝卷与明清小说传播》⑦ 认为宝卷与小说之间存在着一定的同源母题关系，宝卷中既有小说故事的生发点，也有小说故事的内容延伸，并且指出宝卷是明清小说在民间社会得以广泛传播的重要载体，二者存在着密切的关系。张经洪的《〈明宗孝义达本宝卷〉解析——释大宁的宗教伦理观与宋明理学之互摄》⑧ 以宋明理学观为切入点，深入挖

① 薛宝琨、鲍震培：中国说唱艺术史论·明清宝卷通论 [M]. 石家庄：花山文艺出版社，1990。
② 曾友志：宝卷故事之研究 [D]. 台北：“中国文化大学”，1999。
③ 虞卓娅：《雷峰塔》传奇与《雷峰宝卷》[J]. 浙江海洋学院学报，1999（4）。
④ 孙小霞：酒泉宝卷与话本小说的文体共性初探 [D]. 兰州：兰州大学，2010。
⑤ 李凤英：探论河西宝卷中的儿童文学及儿童形象 [D]. 兰州：兰州大学，2011。
⑥ 张灵：宝卷对小说的改编及其民间文学特征的彰显 [J]. 文学评论，2012（2）。
⑦ 丁一清：西北宝卷与明清小说传播 [J]. 哈尔滨师范大学学报，2014（5）。
⑧ 张经洪：《明宗孝义达本宝卷》解析——释大宁的宗教伦理观与宋明理学之互摄 [J]. 兰州文理学院学报，2015（3）。

掘了无为教的宗教思想。程瑶的《河西民间宗教宝卷的叙事体制》① 认为河西宝卷有着其自身独特的叙事体制，并从宝卷的命名、纪实性的序言以及韵散相间的文体样式等方面，对河西宝卷的叙事体制进行了深入的阐述，并为探究河西宝卷的来源问题提供了新的佐证和研究思路。

另外，宝卷作为一种说唱文学，与其他文艺形式的交互影响、渗透是一个普遍现象，因此，学界在这方面也予以了较多的关注。

在宝卷与戏曲的比较研究上，如朱恒夫的《〈窦娥宝卷〉与北杂剧〈窦娥冤〉之比较》②，作者通过这两种不同文艺形式的比较，认为《窦娥宝卷》对杂剧《窦娥冤》有所借鉴，但在情节上做了较大的改动，而且添加了神权的力量，宿命色彩更为浓重。这也造成了其思想性的降低，失去了原作具有的社会批判精神。

在宝卷与善书的比较研究上，如李丽丹的《源同形异说差别：汉川善书与宝卷之比较》③，作者认为善书与宝卷在说唱内容与艺术形式上有着密切的联系。在艺术结构、演唱形式、句式结构等方面，二者有诸多相似之处，在演说内容上也都是世俗性与宗教性兼容。但差异性仍然是存在的，尤其是善书在通俗化表演及哭文化上，与严肃的宝卷宣讲形成了一定的反差。而刘守华在《从宝卷到善书——湖北汉川善书的特质与魅力》④ 一文中对二者对比分析后，则认为善书即是宝卷的一个支系，就其名称而言，之后出现的宣讲、宣卷以及善书等名称，都是由宝卷衍生出来的。

在宝卷与道情的比较研究上，如王定勇的《宝卷与道情关系论略》⑤，作者认为，同为民间说唱，二者都具有信仰色彩、教化作用以及娱乐功能，并且在文本体制、故事题材、韵唱形式上是相通的。在漫长的实践与磨合中，宝卷与道情实现了互相渗透与融合。

在宝卷与说书的比较研究上，如孙鸿亮的《山西介休宝卷与陕北说书》⑥，作者通过实地调查和文本的对比分析，认为陕北说书不仅吸取了民间教派宝卷的信仰特征，而且在演说形态上与宣卷也极为相似，如请神、参神及送神的仪式都受

---

① 程瑶：河西民间宗教宝卷的叙事体制 [J]．宗教学研究，2016（2）。
② 朱恒夫：《窦娥宝卷》与北杂剧《窦娥冤》之比较 [J]．戏曲研究，2003（3）。
③ 李丽丹：源同形异说差别：汉川善书与宝卷之比较 [J]．湖北民族学院学报，2006（6）。
④ 刘守华：从宝卷到善书——湖北汉川善书的特质与魅力 [J]．文化遗产，2007（1）。
⑤ 王定勇：宝卷与道情关系论略 [J]．文化遗产，2015（4）。
⑥ 孙鸿亮：山西介休宝卷与陕北说书 [J]．安康学院学报，2013（4）。

到宝卷的影响，从而演变成了一种依附于民俗信仰，并在民间宗教活动场所中进行的民间说唱形式。

其他如黎丹的《岭南木鱼歌与江南宣卷比较研究》[①]、张馨心的《河西宝卷与河西讲唱文学关系——以〈方四姐宝卷〉为例》[②]都从情节、体式、唱词等方面的对比，将宝卷与木鱼歌、傩戏等民间曲艺之间的关系做了详细的分析与解读。

四、宝卷的编目与汇编

自宝卷进入学界研究视野后，研究者对宝卷的搜集整理工作一直未间断。20世纪40年代末，傅惜华编撰了第一部宝卷总目《宝卷总录》，巴黎大学北京汉学研究所1951年刊印，该书收录了宝卷246种，版本349种，对作品的题名、作者、年代、版本、著录、序跋、收藏者等情况做了详细的介绍。胡士莹《弹词宝卷书目》，古典文学出版社1957年版，收录宝卷224种，同样对所收宝卷介绍作者、版本、收藏者等情况，书后并附有《破邪详辩所录宝卷目》。李世瑜《宝卷综录》，中华书局1961年版，收录宝卷653种，版本1487种，这是同时期宝卷收录最多一部书目。

进入80年代后，随着新文献的不断发现，宝卷搜集整理工作取得了进一步发展。不少研究者将公私所藏宝卷进行编目叙录，如谢忠岳的《天津图书馆馆藏善本宝卷目录》[③]，李鼎霞、杨宝玉的《北京大学图书馆馆藏宝卷简目》[④]，程有庆、林萱的《北京图书馆馆藏宝卷目录》[⑤]，崔蕴华的《牛津大学所藏中国宝卷述略》[⑥]，韩洪波的《洛阳图书馆藏宝卷版本叙录》[⑦]等。而在宝卷目录的编制上较为完善的当属车锡伦《中国宝卷总目》，台湾“中央研究院中国文哲研究所”筹备处于1998年刊行。该书在前人基础上，广泛搜集国内外公私收藏宝卷，共著录1579种，版本5000多种。该书出版后，编者又不断对其进行修订，补入新发现的海内外宝卷，同时还对编辑体例做了一定的改动。《中国宝卷总目》修订版于2000年由北京燕山出版社出版，共著录宝卷1585种，版本5000余种。该书是现在最

① 黎丹：岭南木鱼歌与江南宣卷比较研究 [J]. 中国音乐，2015（2）。
② 张馨心：河西宝卷与河西讲唱文学关系——以《方四姐宝卷》为例 [J]. 敦煌学辑刊，2013（1）。
③ 谢忠岳：天津图书馆馆藏善本宝卷目录 [J]. 世界宗教研究，1990（3）。
④ 李鼎霞，杨宝玉：北京大学图书馆馆藏宝卷简目 [J]. 文史资料，1992（2）。
⑤ 程有庆，林萱：北京图书馆馆藏宝卷目录 [J]. 文史资料，1992（3）。
⑥ 崔蕴华：牛津大学所藏中国宝卷述略 [J]. 北京社会科学，2015（4）。
⑦ 韩洪波：洛阳图书馆藏宝卷版本叙录 [J]. 常熟理工学院学报，2018（04）。

为完备的一部宝卷专题书目，对宝卷的深入研究发挥着重要作用。此外，学界也不断对其进行增补，如王昊的《〈中国宝卷总目〉补遗》[1]、王文仁的《河西宝卷总目调查》[2]、白若思的《台北“国家图书馆”所藏宝卷：车锡伦〈中国宝卷总目〉补遗》[3]等。这些文献书目的整理为专家学者从事民间宝卷的研究提供了得力工具，使它们发挥出按图索骥的作用。

另外，宝卷的文献汇编亦不断推出。如张希舜主编的《宝卷初集》，由山西人民出版社于1994年出版，共40册。编者从全国各地搜集到大量民间宝卷400余种，此次编录150余种，其中不乏孤本和稀见版本，对民间宗教史、民俗文学、明清戏曲等方面的研究都起着积极的推动作用。周燮藩主编、濮文起分卷主编的《中国宗教历史文献集成·民间宝卷》，由黄山书社于2005年出版，共20册，按民间宗教历史文献和民间俗文学历史文献划分，共收录宝卷357种，是目前国内外收录宝卷最多的历史文献集编。王见川等主编的《明清民间宗教经卷文献》《明清民间宗教经卷文献续编》，由台北新文丰出版公司分别于1999年、2006年出版，各12册，这套丛书主要收录了明清时期盛行教门的经卷文献和民间流传的善书与救劫经书等，以民间宗教宝卷为主，且不乏海内外罕见珍本，它为民间宗教的研究奠定了厚实的文献基础。马西沙主编的《中华珍本宝卷》，由社会科学文献出版社于2012年、2014年、2015年出版。已出版了3辑，每辑10册，收录宝卷约140种，有不少是此前从未出版过的珍稀版本。它是继敦煌文书、中华道藏、中华大藏经之后，最为重要的宗教文献典籍，为学界对佛教、道教、民俗、艺术的研究提供了重要的史料依据。霍建瑜主编的《美国哈佛大学哈佛燕京图书馆藏宝卷汇刊》，由广西师范大学出版社于2013年版。该书收录了美国哈佛大学哈佛燕京图书馆所藏的中国宝卷87种，其中有74种为著名汉学家韩南的个人收藏。另外，书中收录了8种明代较为稀见的刊本。该书以影印的方式出版，也是现今重要的宝卷文献汇编。车锡伦主编的《中国民间宝卷文献集成·江苏无锡卷》，由商务印书馆于2014年版，共15册，是按照宝卷流传地区分卷整理影印而成，每种宝卷前均加以“说明”，其内容包括故事简介、版本情况（传抄者、出版者、年代、残缺等）、流传情况等，具有一定的参考价值。尚丽新编著的《宝卷丛抄》，

---

① 王昊：《中国宝卷总目》补遗 [J]. 文献，2002（3）。
② 王文仁：河西宝卷总目调查 [J]. 丝绸之路，2010（12）。
③ 白若思：台北“国家图书馆”所藏宝卷：车锡伦《中国宝卷总目》补遗 [J]. 中国文哲研究通讯，2011（3）。

由三晋出版社于2018年版。该书按“早期佛教宝卷”“教派宝卷”“民间宝卷”3类划分收录26种重要善本宝卷，包括元代1种、明代4种、清代12种、民国7种、当代2种。绝大多数是未公开影印或整理的宝卷版本。整理者对每种宝卷的版本情况、故事内容、形式特点、自身特色加以详细介绍、分析，学术性与通俗性并重，是一个了解和研究宝卷的重要文本。

其他地方宝卷汇编有《酒泉宝卷》《河西宝卷选》《河西宝卷续选》《河西宝卷精粹》《靖江宝卷》《中国靖江宝卷》《中国河阳宝卷》《中国沙上宝卷集》《中国同里宣卷集》《中国常熟宝卷》《金张掖民间宝卷》《甘肃宝卷》等。这些宝卷汇编的整理出版，为多角度、多层面研究中国历史、中国宗教史、民间信仰及民间文学等提供了重要文献。

以上是学界对宝卷研究的主要几个方面，当然也不仅限于此，尤其是地域性田野调查的深入研究，以及多种学科——社会学、人类学、民俗学、历史学等研究方法的使用，使得宝卷研究呈现多元化态势。如刘永红的《西北宝卷研究》（民族出版社，2013年），即以河西、洮岷、河湟三地的宝卷为研究对象，对宝卷的历史、传承、文化语境、宗教思想、内容形式、叙事艺术等做了详细的探讨。另如钱铁民的《江苏无锡宣卷仪式音乐研究》（上海音乐学院出版社，2005年）、杨永兵的《山西河东地区宝卷及音乐研究》（《天津音乐学院学报》，2012年第2期）等则从音乐的角度对宝卷进行了解读分析。李豫的《元代的宝卷》（《殷都学刊》，2002年第4期）、欧阳予倩的《明代宝卷研究》（南京大学2014年硕士学位论文）则都是从特定的历史层面展开对宝卷的共时性研究。雷汉卿的《河西宝卷所反映的西北方言浅说》（《汉语史研究集刊》，2002年第0期）是从语言学的角度解析宝卷特征和文化内涵。刘永平的《禳灾与记忆：宝卷的社会功能研究》（中国社会科学出版社，2016年），则将宝卷视作“文化文本”，认为宝卷既有一部分是宗教教派的经卷，又有一部分是民间信仰的故事卷，还有一部分是有音乐、有民俗仪式的“仪式卷”，所以作者以独立的、综合的眼光考察宝卷的历史、功能及传播，并结合人类学知识对宝卷进行解读，分析出宝卷始终贯穿着一种禳灾救劫的观念，且其核心价值和功能即是禳灾。所以，学界对宝卷的研究是多元化与综合性的，不仅局限于某一方面。

综上所述，尽管目前学界对宝卷的研究取得了比较丰硕的成果，但仍主要集中在宝卷的宗教性研究方面，整体性、系统性的考察和深入的分析阐释尚显不足，正如车锡伦先生所言“虽经过几代学者的努力，宝卷的研究实际上仍处于起步阶段”，而“它与其他民间演唱文艺（戏曲、曲艺）和俗文学（如小说）的关系、宝卷区域性的发展及其与地区民俗文化的关系、当代宝卷演唱活动的存在空间和社会功能等问题，有的已经被研究而尚无定论，有的则尚未被涉及”[①]。本文的研究视角就定位在宝卷研究领域较为薄弱的、与小说的互动关系方面。学界对宝卷与小说的比较研究虽然早已有关注，如刘荫柏的《〈西游记〉与元明清宝卷》[②]，陈毓罴的《新发现的两种〈西游宝卷〉考辨》[③]、陈宏的《〈二郎宝卷〉与小说〈西游记〉关系考》[④]，但基本都是个案分析，并未从明清时代大背景下，宏观地审视宝卷与小说之间的关系。张灵的博士论文《民间宝卷与中国古代小说》可以说是对宝卷与小说关系的整体、系统的梳理，但就二者的互动关系方面，更多地论述了小说对宝卷的影响，而在宝卷反作用于小说方面略显欠缺，这也是本文所要深入挖掘的地方。

第三节 选题意义

本书选题为“明清小说与宝卷互动关系研究”，时间界定在“明清”，研究重点突出“互动”。宝卷虽然产生在宋元时期，但早期的宝卷多为宗教性质的，直到明清时期，宝卷的发展才开始故事化、世俗化。同样是在明清时期，中国古代小说的发展也进入繁荣阶段。通过对相同历史区间内两种叙事文体的发展脉络的比较，以期揭示叙事文学发展的特征和规律。

宝卷作为一种在中国民间流传了近800年的说唱文学样式，从20世纪初开始逐渐走进学者的研究视野。之后的百年间，宝卷的研究者和相关研究成果都层出不穷。然而，相较于小说戏曲研究的深度与广度，学界对宝卷的研究可以说仍处于初级阶段。之前的宝卷研究成果大体上集中在对宝卷的渊源、产生、分类等方面的研究，不同地域的宝卷研究，宝卷文献的编目、整理方面的研究，宝卷的

① 车锡伦：中国宝卷研究·中国宝卷研究的世纪回顾[M]. 桂林：广西师范大学出版社，2009：633。
② 刘荫柏：《西游记》与元明清宝卷[J]. 文献，1987（4）。
③ 陈毓罴：新发现的两种《西游宝卷》参辨[J]. 中国文化，1996（13）。
④ 陈宏：《二部宝卷》与小说《西游记》关系考[J]. 甘肃社会科学，2004（2）。

文学性研究等几个方面。近年来，虽然有部分研究者涉及宝卷与小说的研究，但多数只停留在梳理发展轨迹的层面。本文将研究重点放在小说与宝卷互动关系的研究方面，不仅关注小说对宝卷的影响，也关注宝卷对小说的反馈。笔者试图通过观察两者的互动情况，探讨中国古代通俗文学的发展规律等方面的问题。尤其是对宝卷反作用于小说的研究，具有格外重要的意义。小说对宝卷产生了深刻的影响，这已经是学界共识，甚至说是一种思维定式，大多数学者在研究小说影响时，习惯性地选取宝卷作为参考系。但宝卷是一种独立自主的文本系统，它并不是先天作为小说影响的产物而存在的。它与小说的关系并不总是消极的、被动的，它对小说的生产与传播也产生了积极作用。对小说成书而言，宝卷不仅提供了宗教素材，也可能提供了一种更接近中下层民众的叙事经验；对于小说传播而言，宝卷扮演了至关重要的角色，是小说借以在更广泛的流通渠道中传播的主要助力，以往却多为学界所忽视。

第四节　研究设想

作为案头文学的小说与说唱文学有着密切的关系。很多小说在成书过程中吸收借鉴了说唱文学的叙事经验素材，其本身自然具备了说唱文学的艺术特点。当其成为具有相当影响力的文学作品后，又反哺于说唱文学，成为说唱文学取之不竭的资料库。当说唱文学逐步兴盛、为广大受众接受后，它同样又为小说提供着一定的内容素材。更为重要的是，说唱文学的受众更广，流通性更强，说唱文学对小说的重构、再现，无疑有利于小说原著的广泛传播和经典化。而宝卷与小说作为两种独立的文学样式，有着各自的发展轨迹，但放在同一个时空维度下审视，二者又有着明显的交互性。笔者通过对二者发展脉络的梳理，探讨它们的异同之处，再通过对具体作品的分析，解读同一故事在它们之中呈现出的不同面貌。笔者尽力从这两种艺术形态本身的文化品位、叙事成规、艺术目的、审美旨趣出发，就二者对故事的重述、再现，及相互间的互动关系，做出相对客观的评价。

本书以文献学方法为基础，以比较方法为主体，兼以叙事学、历史学、民俗学和传播学等学科的观点和理论加以阐释论述。

文献学方法是古典文学研究的基本方法，本书每节都涉及文献资料的整理，如对宝卷、小说书目的整理等，其中都有利用目录学、版本学的相关方法。而对两者的互动关系分析，则主要使用文本比较法。这种文本比照是以中国古代叙事文学的"互文性"特征为基础的。正如董上德先生在《古代戏曲小说叙事研究》一书中所说的："中国古代叙事文学的'互文性'，是一个有待开拓的研究领域。文本与文本之间的'互文'关系，它本身反映的不仅是古代叙事文学的一种不可忽视的'格局'，而且呈现出古代文化尤其是民间文化的一种'积淀'方式。文化是在'积淀'中有所继承，有所变异的，人的心理尤其是集体心理也往往在文本的'互文性'中有所凸显、有所调整。对于一个'故事'，对于一个文本，人们在不断地'复读'，这本身就是一种'选择'。在'复读'的同时，有所强调、有所浓缩、有所深化、有所修正，等等，这正是人们的一种不易察觉却时刻在进行着的精神活动。"[①] 本书就立足于宝卷与小说的互文性，进一步探究"案头叙事"与"场上叙事"，"文人构造"与"民间构造"之间的差异。

---

① 董上德：古代戏曲小说叙事研究 [M]. 广州：广东高等教育出版社，2011：102。

第二章　小说与宝卷的发展轨迹

中国古代通俗小说自晚唐五代起步，与宝卷有密切关系的俗讲也在唐代兴起。到了宋代，话本小说的发展进入鼎盛期，现存最早的宝卷同样为宋人所编写。及至明清时期，小说发展进入全盛阶段，而宝卷也在此时逐渐成熟，成为中国俗文学谱系中的一个分支。对比小说与宝卷两种文体的发展轨迹，不难看出两者发展历程中有很多时间节点是相互契合的，或者说演进区间是大体重合的。晚唐五代，话本小说出现，到宋元时期，通俗小说进入相对成熟的发展阶段，及至明清达到鼎盛。话本小说在宋元时期是通俗小说的代表文体，而长篇章回小说则在明清时期发展完备。宝卷的分类则可以遵循车锡伦先生在《中国宝卷研究》中的方法，即宗教宝卷与民间宝卷，其中的宗教宝卷又分为佛教宝卷和民间教派宝卷。如果按时间线索考量，唐代俗讲繁荣，这种说唱文体与宝卷有着很深的渊源关系；现存最早的宝卷由宋人编写，我们能看到且可以确定的宋元时期宝卷现存三部；明代，佛教宝卷和民间教派宝卷占据主流；及至清代，民间宝卷发展迅速。本章我们将尝试按照时间线索梳理中国通俗小说及宝卷发展的基本脉络。

第一节　萌发期的小说与宝卷

唐代以前，中国古代小说处于文言阶段，至唐中期，传奇成为当时小说最主要的体裁，它标志着古代小说的文体成熟，但这仍然是针对文言小说而言的，白话小说依旧未能发展起来。直至敦煌莫高窟藏经洞中的卷子被发现，长期以来学界认可的白话小说始于宋代的结论被推翻，鲁迅先生认为“然用白话作书者，实不始于宋……而内有俗文体之故事数种，盖唐末五代人钞”[①]。据《敦煌变文集》

① 鲁迅：中国小说史略 [M]. 上海：上海古籍出版社，1998：71。

收录的内容来看，《庐山远公话》《韩擒虎话本》《叶净能诗》《秋胡变文》《唐太宗入冥记》等均可定为唐代话本。这些敦煌文献中的话本、变文等叙事文学作品运用白话语言叙述景物、描写人物，奠定了此后通俗小说发展的基调。唐传奇的风格典雅，这与传奇作者多为有较深厚文化修养的文士密不可分，而话本作者多为社会中下层文人，受众的受教育程度不高，审美品位也相对有限，这就使话本从萌芽之初就形成了口语化、民间化、戏谑化的基本特征，风格略显粗俗。然而，唐代话本作为中国古代通俗小说的开端，却表现出强劲的发展态势和顽强的生命力，影响力直指长篇章回小说，通俗小说也最终在明清时期成为文学主流。就现在能够看到且确定的唐代话本来看，唐话本虽然在语言风格等方面表现粗糙，但在反映现实社会黑暗、表现百姓疾苦等方面却有着其他文体无法比拟的深度和广度，具有强烈的现实意义。作为话本受众的中下层民众生活在封建社会底层，这样具有现实批判意义的通俗文学作品很好地迎合了这一阶层受众的心理，符合他们的审美品位，同时表现出中下层民众的生活和思想，这都为后来通俗小说的繁荣发展打下良好的基础。

佛教的俗讲和宝卷，都是中国佛教世俗化的产物，宝卷的内容继承了俗讲的传统，是宝卷的渊源。[①] 自汉代佛教传入中国，大量的佛教经典被翻译，唐初开始有为俗众讲经说法的“俗讲”出现，《续高僧传》中有关于“俗讲”的最早记载：“贞观三年，窦刺史闻其聪敏，追究州学，因而日听俗讲，夕思佛义。博士责之。”[②] 佛教俗讲按照一定的仪规演唱，分为讲经、说因缘两种，其分类与功用周绍良先生有相关说明：“俗讲方面也有两种，一种即韵白相间之讲经文，也是由法师与都讲协作的；至于与说法相应的，则是说因缘，由一人讲说，主要择一段故事，加以编制敷演，或径取一段经文或传记，照本宣科，其旨总不外阐明因果。就佛教仪规而言，讲经文当是大型法会之用，而说因缘则似是在比较小的法会中使用之。”[③]

唐、五代时期是中国古典通俗小说的萌发阶段，这一时期出现的话本与俗讲对后世通俗小说与宝卷都产生了直接而深远的影响，可以说正是有唐话本与佛教俗讲的出现，才有之后通俗小说与宝卷的发展成熟。

---

① 车锡伦：中国宝卷研究 [M]. 桂林：广西师范大学出版社，2009：50。
② 高僧传（二集）[M]. 苏州：弘化社，2003：722。
③ 周绍良：敦煌文学作品选 [M]. 北京：中华书局，1987：17、20。

第二节　发展期的小说与宝卷

宋元是中国古代小说全面发展的阶段，各种类型、体裁、题材、流派的小说都在这一时期呈现出各自的艺术风貌、文体特征。文言小说的发展有诸多前代渊源，而作为白话小说一种的话本的繁荣发展则成为中国小说史上的重大转折，将小说这种文体从文人导向大众。鲁迅先生曾言："宋一代文人之为志怪，既平实而乏文采，其传奇，又多托往事而避近闻，拟古且远不逮，更无独创之可言矣。然在市井间，则别有艺文兴起，即今所谓'白话小说'者是也。"① 话本从最初供说话艺人场上表演的底本发展成为后来经文人案头加工的白话小说，这其中有政治经济环境、文化氛围、技术条件等许多外部因素的影响，更多的是小说这种文体样式自身的演变过程以及与其他文体之间的互动影响。

宝卷渊源于佛教俗讲。在唐代十分兴盛的俗讲发展到宋代便失去了昔日的盛况，从外部环境来看，宋代城市高速发展，城市内外广布的勾栏瓦肆中，各种伎艺轮番上演，市民的可选择性大大加强，寺庙渐渐失去之前作为城市居民主要文化娱乐消费场所的作用，在寺庙中上演的俗讲活动自然也就慢慢退出了民众的日常娱乐选项。加之唐武宗崇尚道教，于会昌二年（842）进行了大规模的灭佛行动，这无疑对当时我国的佛教发展是一次毁灭性的打击。之后又由于改朝换代，战乱不断，统治者加强了对佛教的约束限制。

到宋代时，佛教俗讲活动已不复往日盛况，但佛教僧侣仍然会举行一些旨在悟俗化众的讲经说法活动，也包括一些为民间信众举行的法会道场，这种法会道场所讲说的内容，可以说与宝卷的产生有非常直接的关系。《道山清话》中记载了僧人做此类活动："京师慈云寺有昙玉讲师者，有道行，每为人诵梵经及讲说因缘，都人甚信重之，病家往往延至。"② 其中提到的"诵梵经及讲说因缘"虽然更接近俗讲的形式，但也可以说与之后宗教宝卷中的演释佛经、讲唱因缘非常类似。又如《水浒传》中鲁智深对刘太公说："洒家在五台山真长老处学得说因缘，便是铁石人也劝得他转。今晚可教你女儿别处藏了，俺就你女儿房内说因缘劝他，便回心转意。"③ 此处的"说因缘"同样是讲说佛教传说故事，用以劝化众人。宝卷

① 鲁迅：中国小说史略 [M]. 上海：上海古籍出版社，1998：71。
② 道山清话 [M]. 杭州：浙江古籍出版社，1986：14。
③ 施耐庵：水浒传 [M]. 上海：上海古籍出版社，2004：47。

与佛教俗讲有着密切渊源，两者都是佛教传入中国之后世俗化的产物，在俗讲消歇之后，延续俗讲作用的法会道场更直接孕育产生了早期的宝卷。郑振铎先生曾对此时的情况作出如下推论：“当‘变文’在宋初被禁令所消灭时，供佛的庙宇再不能够讲唱故事了。……但和尚们也不甘示弱。大约在过了一些时候，和尚们讲唱故事的禁令较宽了吧（但在庙宇里还是不能开讲），于是和尚们也便出现于瓦子的讲唱场中了。这时有所谓‘说经’的，有所谓‘说诨经’的，有所谓‘说参请’的，均是佛门子弟们为之。”①“这里所谓‘谈经’等，当然便是讲唱‘变文’的变相。可惜宋代的这些作品，今均未见只字，无从引证，然后来的‘宝卷’，实即‘变文’的嫡系子孙，也当即‘谈经’等的别名。”②

由于缺乏描述宝卷形成过程的直接文献，目前关于宝卷的一切研究只能基于存世的宝卷作品来进行。现存最早的宝卷产生于宋元时期，即南宋的《销释金刚科仪》、元末抄本《目连救母出离地狱生天宝卷》以及民间抄本古宝卷《佛门西游慈悲宝卷道场》。

《销释金刚科仪》简称《金刚科》《科仪卷》，又名《金刚科仪宝卷》《金刚经科仪》《金刚经科仪宝卷》《销释金刚科仪宝卷》等。③南宋僧宗镜编，演释在中国佛教信徒中广为流传的《金刚般若波罗蜜多经》，属于演释佛经的宝卷类型，此卷宣扬“西方净土常安乐，无苦无忧归去来！”“若不念佛求出离，毕竟无由得解脱！”等思想观念④，这与宋代的民间信仰是相符合的，主要为追荐亡灵、礼佛还愿之用。在罗清《苦功悟道卷》中的“不移时邻居家中老母亡故，众僧宣念《金刚科仪》。夜晚长街立定，听《金刚科仪》”⑤，以及《金瓶梅词话》中一段情节：“月娘因西门庆不在，要听薛姑子讲说佛法，演颂《金刚科仪》。正在明间内安放一张经卓儿，焚下香。薛姑子与王姑子两个一对坐，妙趣、妙凤两个徒弟立在两边，接念佛号。大妗子、杨姑娘、吴月娘、李娇儿、孟玉楼、潘金莲、李瓶儿、孙雪娥和李桂姐，一个不少，都在跟前围着他坐的，听他演诵。潘金莲听到中途不耐烦，拉着李瓶儿跑出来，说：‘大姐姐好干这营生！你家又不死人，平白交姑

① 郑振铎：中国俗文学史 [M]. 北京：商务印书馆，2005：535。
② 郑振铎：中国俗文学史 [M]. 北京：商务印书馆，2005：536。
③ 车锡伦：中国宝卷总目 [M]. 北京：北京燕山出版社，2000：323。
④ 销释金刚科仪 [M]. 经折装。
⑤ 罗清：苦功悟道卷 [M]. 清康熙三十七年（1698）刻本，经折装。

子家中宣起卷来了！’”[①] 这两处例子都较准确地说明了这部科仪的用处。

《目连救母出离地狱生天宝卷》简称《目连宝卷》《生天宝卷》，据车锡伦先生考证，此卷产生的年代应该在金元之间[②]，佚名，现仅存下册。留存下来的故事大致为：目连入火盆地狱、阿鼻地狱、黑暗诸恶地狱寻找母亲，并最终不畏千难万险，使其母亲青提夫人顿悟本心，永归正道，跳出苦海，升忉利天，受诸快乐的故事[③]，并且在宝卷中“普劝后人，都要学目连尊者，孝顺父母，询问名师，念佛持斋，生死永息，坚心修道，报答父母养育深恩”。[④] 此宝卷属于讲述世俗民众修行因缘故事的宝卷类型。目连救母的故事在我国民间流传较广，多见于《佛说盂兰盆经》。此经倡导孝道，要世人报答父母之恩，有广泛的民众接受基础。南朝起相当长的时期内每年农历七月十五（即后来追悼亡灵、祭奠祖先的中元节）举行盂兰盆会，《目连救母出离地狱生天宝卷》就是在其中演唱的。

关于《佛门西游慈悲宝卷道场》的产生时间，陈毓罴先生根据此卷中的唐僧取经故事与元代成书的《西游记评话》相似，将此宝卷定为元代编写。[⑤] 该卷是流行于广西地区的魔公教使用的一种宝卷，演说的是唐僧取经的故事，大致情节为：唐太宗李世民因“孽龙索命”而游地府，还阳之后请玄奘法师做水陆法会，又经观世音菩萨点化，派玄奘西天取经，并分段详细说明了取经路上的种种艰难险阻。[⑥]《佛门西游慈悲宝卷道场》演唱完毕，后面会接上《目连救母出离地狱生天宝卷》，此卷可以看做是《目连宝卷》的开经偈，也是在盂兰盆会上演唱的。而这样一部关于唐僧取经的宝卷在追悼亡灵的盂兰盆会上演唱，主要与当时的民众信仰有关，人们认为逝去的先人最好的去处是“西方极乐世界”，而唐僧师徒曾到“西天”取经，是有西游经验的，由他们来为西去的亡灵做向导是最合适不过的。

目前关于宝卷这种说唱文体形成过程的讨论都只能从现存的文献资料出发，宋元两代流传下来的宝卷目前只能确定上述三种，且都是宗教性质的宝卷，其中《销释金刚科仪》为演释佛经的非文学宝卷，《目连救母出离地狱升天宝卷》和《佛

---

① 兰陵笑笑生：金瓶梅词话校注 [M]. 长沙：岳麓书社，1995：1354。
② 车锡伦：中国宝卷研究 [M]. 桂林：广西师范大学出版社，2009：73。
③ 车锡伦：中国宝卷研究 [M]. 桂林：广西师范大学出版社，2009：73。
④ 车锡伦：中国宝卷研究 [M]. 桂林：广西师范大学出版社，2009：74。
⑤ 陈毓罴：新发现的两种“西游宝卷”考辨 [J]. 中国文化，1996（13）。
⑥ 车锡伦：中国宝卷研究 [M]. 桂林：广西师范大学出版社，2009：78。

门西游慈悲宝卷道场》是讲说因缘的文学宝卷。这些早期佛教宝卷延续了唐代佛教俗讲中讲经说法的传统，在内容方面保留了俗讲的讲经与说因缘等要素，同时也加入宋元时期的时代特色；在形式方面则受佛教忏法影响，分段演唱、结构严格且文辞格式化。可以说在内容与格式（仪式化）两方面吸取了佛教俗讲与佛教忏法的各自特点，形成了一种新的说唱文体。

第三节　繁荣期的小说与宝卷

明清时期是中国古代通俗小说的成熟期，现在能够看到的长篇通俗小说佳作都成书于此时。历史演义《三国演义》和英雄传奇《水浒传》，都由宋元讲史发展而来，是我国最早的长篇小说。《三国演义》依据“七分实事，三分虚构”的原则，将历史上真实发生的事件以及历史人物编入以蜀汉政权为中心的叙事进程，在大部分尊重史实的前提下，进行艺术提炼与加工。其实，三国故事在《三国演义》诞生之前就已经广为流传，鲁迅先生指出：“说《三国志》者，在宋已甚盛，盖当时多英雄……东坡谓‘王彭尝云，途巷中小儿薄劣，其家所厌苦，辄与钱，令聚坐听说古话，至说三国事，闻刘玄德败，频蹙眉，有出涕者，闻曹操败，即喜唱快。以是知君子小人之泽，百世不斩’。在瓦舍，‘说三分’为说话之一专科，与‘讲《五代史》’并列。金元杂剧亦常用三国时事，如《赤壁鏖兵》《诸葛亮秋风五丈原》……”[①] 这段话透露出两个重要信息。其一，“尊刘抑曹”的思想倾向在宋代业已形成，罗贯中的《三国演义》以蜀汉为中心，就是遵循这一市民选择的结果。其二，三国故事在说唱、戏曲等多种媒介中传播，说明宋元时期，各种叙事文体之间已经存在频繁而密切的互动关系。作为世代累积成书的典型，《三国演义》终于在明代由罗贯中将其撰写完成。在《三国演义》的影响下还出现了同类小说《列国志传》《全汉志传》《唐书志传通俗演义》等。《水浒传》是英雄传奇的代表作，讲述北宋末年宋江等人起义、落寇梁山的故事。该书也属于世代累积型小说，从南宋以来故事就在民间广为流传，直到元末明初才最终成书。在其影响下，明代产生了不少英雄传奇，如《杨家府演义》《说岳全传》等。当然，

① 鲁迅：中国小说史略 [M]. 上海：上海古籍出版社，1998：87。

所谓“英雄传奇”是近代学者的分类术语，在旧时的文化语境中，这类作品是与历史演义一道划入“讲史”这一大类的。

《西游记》是中国神魔小说最具代表性的作品，讲述的是唐僧师徒四人不畏千难万险到西天求取真经的故事。鲁迅先生定义神魔小说概念为“小说中所写的邪正，并非儒和佛，或道和佛，或儒道释和白莲教，单不过是含胡的彼此之争，我就总括起来给他们一个名目，叫做神魔小说”①。“鲁迅先生对‘神魔小说’的命名显得精当、恰切，涵盖了这类小说的主要文体特征：首先是‘三教同源’的宗教背景；其次是以人化了的神魔为主要艺术形象；再次是将神与魔的二元对立，‘含胡的彼此之争’作为小说的主要内容。这样我们就把明清两代在三教同源背景下产生的，以神（包括佛道以及民间一切神祇）、魔（包括所有鬼怪精灵）出身修行、斗法飞升为主要内容，艺术上以驰骋想象，神奇变幻见长的章回小说称之为‘神魔小说’。”② 神魔小说在明清时期处于兴盛期，作者们基于三教同源的文化语境，将荒诞离奇的故事与一定实事相结合，又将神怪故事、民间传说等元素融入其中，创造出一个又一个奇幻的想象世界。而神魔集团之间的斗法较量往往是这类作品的叙事兴奋点所在，《封神演义》《八仙出处东游记》《三宝太监西洋记》都是神魔小说的优秀作品。而鲁迅先生所指出的三教同源的文化语境，也正是小说与宝卷互动影响的基本文化语境，中国人的宗教思想本就是驳杂的，其中又羼入大量世俗的、功利的成分，尤其在市民阶层中，“世俗”与“宗教”其实没有严格的壁垒，面向市民大众的各类文本，无论世俗的还是宗教的，在生产、传播过程中，所倚靠的思想、信仰、知识背景其实是一致的。

上述这些通俗小说与宝卷有着千丝万缕的联系，民间宝卷中的很多故事均取材于这些成熟的小说作品，有的是全盘照搬，有的是混合组装，也有小说与宝卷互相借鉴、双向互动，在后文中还会详加论述。

宝卷在明清两朝的发展，如果按照宗教宝卷与民间宝卷来区分，是以清康熙年间为分界线。康熙以前为宗教宝卷，康熙之后是民间宝卷。宗教宝卷的划分时代则要以明正德年间为界，正德之前的是佛教世俗化宝卷，之后的是新兴民间教派宝卷。这其中的佛教世俗化宝卷又分为两种：一为演释佛经类，如《大乘金刚

① 鲁迅：中国小说的历史变迁 [M]. 鲁迅全集第九卷. 北京：人民文学出版社，1981：327。
② 胡胜：明清神魔小说研究 [M]. 北京：中国社会科学出版社，2004：8。

宝卷》《佛说阿弥陀经宝卷》《心经卷》等；二为佛菩萨本生故事或世俗民众修行因缘故事类，如《香山宝卷》《黄氏女卷》《睒子传》《五祖黄梅宝卷》，等等。而新兴民间教派宝卷则相对复杂，最主要的是明正德年间由教主罗清与其弟子共同完成的五部罗教经典《五部六册》，即《苦功悟道卷》《叹世无为卷》《破邪显正钥匙卷》《正信除疑无修证自在宝卷》《巍巍不动泰山深根结果宝卷》。另外，在明正德年间到清康熙年间这段时间，各地民间教派纷纷创立，这些教派多以宝卷作为其宣扬教义或修持方法的教科书，也有一部分讲述神道故事或民间传说，这些都是新兴民间教派宝卷的组成部分。到了清代康熙年间，朝廷加大镇压民间教派的力度，这就导致民间教派宝卷的生存空间被极大压缩，大多数民间教派的活动转入地下。

车锡伦先生在《中国宝卷研究》一书中总结了明前期宝卷的情况，可以确定为明前期的宝卷有 25 种，分别是《大乘金刚宝卷》《弥陀科仪宝卷》《圆通卷》《地藏科仪》《法华卷》《心经卷》《无相卷》《正宗卷》《净土卷》《无漏卷》《因行卷》《睒子传》《香山卷》《昭阳卷》《王文卷》《梅那卷》《白熊卷》《黄氏卷》《十世卷》《五祖黄梅宝卷》《红罗宝卷》《刘香女宝卷》《佛门取经道场·科书卷》《念佛三昧径路修行西资宝卷》《雪山宝卷》。上述这些都属于宗教宝卷范畴，其中有传本留下的为 11 种:《大乘金刚宝卷》《弥陀卷》《香山卷》《王文卷》《黄氏卷》《五祖黄梅宝卷》《红罗宝卷》《刘香女宝卷》《佛门取经道场·科书卷》《念佛三昧径路修行西资宝卷》《雪山宝卷》。[①] 这些宝卷按照故事内容划分，可分类如下：演释佛教经典教理的宝卷《大乘金刚宝卷》《弥陀卷》《佛门取经道场·科书卷》《念佛三昧径路修行西资宝卷》；讲佛菩萨本生故事的宝卷《香山卷》《雪山宝卷》《五祖黄梅宝卷》；世俗民众修行因缘故事的宝卷《王文卷》《黄氏卷》《红罗宝卷》《刘香女宝卷》。

明正德年间，罗清创立无为教（罗教），编写《五部六册》作为其教派经典。受其影响，各种名目的民间教派纷纷出现。这些教派大都吸收佛、道等正统宗教的教义、术语（多是教条性的、市俗化的理解），又杂糅各种民间信仰，编成宝卷，作为宣传之用。现存的从明正德至清康熙之间的民间教派宝卷有 200 余种。这些民间教派以中原地区为活动中心，辐射全国，信众上至王公贵族，下及贩夫走

① 车锡伦：中国宝卷研究 [M]. 桂林：广西师范大学出版社，2009：92–95。

卒，还有部分读书人，囊括了多种社会成分。信徒中的王公、后妃由于其身份贵重、经济实力雄厚，在很大程度上推动和扶持了这些民间教派的发展。到明万历以后，民教教派的发展已经十分迅猛，这引起了统治阶级的注意："近日妖僧流道，聚众谈经……又有罗祖教、南无教、静空教……皆讳白莲之名，实演白莲之教。有一教名，便有一教主。愚夫愚妇，转相煽盛，宁怯于公赋，而乐于私会；宁薄于骨肉，而厚于伙党；宁骈首以死，而不敢违教主之令。此天下处处盛行，而畿辅为甚。"① "凡市井无籍辈……因倡为白莲、龙天、皇天、无为等教。中选巧为异说、善讲邪书者，推为教师，鼓动愚民，哨聚千百。假以供神修福为名，而日会月会，各捐重赀，以供头领为不时之需。从来山东、河南盛兴之，而北直隶更甚。"②由此可见当时民间教派的发展情况。到了明末，社会动荡，统治者丧失了对民间宗教的控制能力，民间教派的活动进而与各地农民起义相结合，作为布道书的宝卷也成为煽动抗争情绪和传递起义信息的工具。清代康熙之前，统治者还未来得及对民间教派采取严格的管制措施，直到康熙三十七年（1698），手握重兵的甘肃提督孙思克支持了一个活动在张掖地区的民间教派，并编印《敕封平天仙姑宝卷》。这使统治者提高了警惕，开始严厉镇压民间教派，民间教派宝卷的发展被遏制，自此转入地下活动。清末一些民间教派以温和的姿态重新开始活动，也编印过一些宝卷，如《众喜宝卷》《观世音度本愿真经》。民国以后，各民间教派所编写的文本形式多样，逐渐脱离了宝卷的范畴。

民间教派宝卷的内容多讲教派教义或修持方法，也有一部分宗教传说和民间故事，这些宝卷都是将其教义、教理包裹在一些人物、事件之内，即所谓的"外凡内圣"，如《清源妙道显圣真君忠孝二郎开山宝卷》《护国佑民伏魔宝卷》等。有些宝卷将明前期的佛教宝卷进行改编，如《佛说黄氏女看经宝卷》，有些宝卷的故事情节比较完整，如《销释白衣观音送婴儿下生宝卷》《销释孟姜忠节贤良宝卷》，但这些宝卷要表达的依旧是教派修行，虽敷演出简单的故事，但文学性不强。明清时期的民间教派宝卷旨在信仰活动中讲唱，内容多为教派教义教理、修持方法、仪轨等，这一类型的宝卷很少有讲说文学故事的，但教派宝卷对之后的演唱文学故事的民间宝卷有着直接且深远的影响。

---

① 明神宗实录 [M]. 卷 533，台北："中央研究院"历史语言研究所影印本。
② 车锡伦：中国宝卷研究 [M]. 桂林：广西师范大学出版社，2009：142。

明末开始，民间宝卷快速发展，北方宝卷和江浙吴语方言区民间宝卷是其中要着重讨论的两大区域宝卷。

北方的民间宣卷活动被称为“念卷”，这是由于在宝卷传播过程中，北方边远地区的人们不会唱教派宝卷中的小曲，所以此前的“唱词”多以“念”的形式表现，故称为“念卷”。其活动范围在河北、山东、山西、甘肃等地，现存最早的民间宝卷就是明末清初的北方宝卷《佛说王忠庆大失散手巾宝卷》。康熙时期，由于手握兵权的武将参与到民间教派的活动中，引起统治者的警惕，开始大规模镇压各地民间教派，并查抄经卷，处于北方的各省民间教派最先受到冲击。虽然一些民间教派仍然进行念卷活动，但都是演唱文学故事宝卷，其中的宗教色彩已经相对淡化，朝着宣扬因果报应的教化方向发展。这时期的此类型宝卷留下了大量文本，如《佛说慈云宝卷》。现存的很多清代北方民间宝卷沿用明清民间教派宝卷的命名方式，在宝卷名前加“佛说”二字，如《佛说忠良仁义贤孝宝卷》等，但此命名方式并不能作为判断是否为北方民间宝卷的标志，有一部分宝卷名中并无“佛说”二字，但其实也是北方宝卷，如《白马宝卷》《蜜蜂记宝卷》《二度梅宝卷》等。在文本形式方面，北方民间宝卷在道光之后发生了很大变化，不再分“品”，唱段形式由散说、两句诗赞过渡、“七字佛”或“十字佛”唱词、四句诗赞组成。① 北方民间宝卷在清嘉庆、道光年间发展势头良好，有不少流传下来，到清末北方民间念卷活动开始衰落。

在南方江浙两省的吴语方言区，宝卷的演唱活动被称为“宣卷”。清朝末年民国初年是南方民间宝卷发展的全盛时期，繁荣程度几乎与吴语弹词并列。起初这些宣卷活动大多在村镇进行，而后进入上海、杭州等城市，在婚丧嫁娶等重要场合或节庆活动中演唱，宣卷的形式加入了丝竹乐器伴奏。其内容主要是文学故事，也有少部分是仪式文和劝善说教文，形式上大多采用说说唱唱的段落，删掉了偈赞和小曲。当时流通的宝卷基本都是手抄本，清末民初，上海、杭州等地的书局整理印刷了大量民间宝卷，这些宝卷流通至全国各地。到 20 世纪 40 年代，吴语方言区的宣卷活动开始衰微，中华人民共和国成立后在城市中基本很难见到这种说唱文学形式，直到 20 世纪 80 年代以后，在部分农村又能够见到举行宣卷的民间信仰活动。现存最早的吴方言区民间宝卷抄本是清康乾时期的，如关于民

---

① 车锡伦：中国宝卷研究 [M]. 桂林：广西师范大学出版社，2009：252。

间崇拜的地方保护神刘猛将的《猛将宝卷》。吴方言区向来有祭祀鬼神的民间信仰传统，佛教僧侣不能参与这种民间信仰活动，一些佛教信徒便带领民众进行念佛唱卷、祈福消灾、追悼祖先等活动，还会编唱颂扬各种民间信仰“神”的宝卷，这些进行宣卷活动的人在民众间很受欢迎。此外，吴方言区民间宝卷还改编民众喜闻乐见的俗文学故事，如改编自家喻户晓的孟姜女故事的《孟姜女宝卷》，此宝卷的情节发展非常靠近弹词故事，也是为了向有较多听众基础的弹词贴近，以扩大受众。除上述宝卷，清道光之前的吴方言区民间宝卷还有《张四姐大闹东京宝卷》。据车锡伦先生统计，现存道光年间的江浙地区民间抄本宝卷有30余种：《金开宝卷》《刘天王宝卷》《延寿积福宝卷》《白龙宝卷》《财神宝卷》《斋僧宝卷》《观音宝卷》《白蛇宝卷》《洛阳受生宝卷》《红罗宝卷》《还珠宝卷》《妙英宝卷》《金珠宝卷》《灶皇宝卷》《延寿宝卷》《唐僧宝卷》《妙音宝卷》《玉玦宝卷》《家堂宝卷》《白玉燕宝卷》《开桥宝卷》《五路宝卷》《寻亲宝卷》《慈心宝卷》《猢狲宝卷》《义妖宝卷》《珊瑚宝卷》《英台宝卷》等①，可以看出，到清道光年间吴方言区的宝卷已经初具规模。同一时期，太平天国政权建立，提倡信仰“上帝”，压制民间的“神佛”信仰，待到太平天国被清政府镇压之后，民众们更加信赖神佛，这就使倡导劝人向善、在神佛活动时演唱的宝卷兴盛发展起来，这时期留下的民间宝卷手抄本在品种和数量上都大大增加。

① 车锡伦：中国宝卷研究[M]. 桂林：广西师范大学出版社，2009：210。

第三章　小说与宝卷的文体关系

小说与宝卷发展轨迹如此密切的原因是多方面的，要想厘清其中的种种因由，在梳理小说与宝卷各自的发展脉络之后，我们将研究视角转至横向，比较小说与宝卷的平面文化特征，探讨两者之间的“相同”与“差异”，尝试获得小说与宝卷之间的互动信息。

第一节　小说与宝卷之异

叙事性和通俗性是小说、宝卷的共同属性，这在多个方面都有所体现，若论起二者的差异性，也是十分明显的。小说与宝卷的创作初衷并不相同，小说中的宗教信仰成分不及宝卷浓烈；此外，二者的创作者以及接受者也都是不同的。本节试图从宗教性质、受众群体以及文人叙事与民间叙事的角度进行讨论，进而明确小说和宝卷在叙事文学与通俗文学框架下的联系和区别。

一、语境

宝卷的宗教性质是显而易见的，从早期的佛教宝卷、中期的教派宝卷，到晚期的民间宝卷，其中都不同程度地蕴含着宗教意味。早中期宝卷中的佛教、民间教派宗教背景不言自明，晚期民间宝卷以讲述世俗故事为主，其娱乐、教化功用占据主导地位，但宗教信仰成分依旧存在，这一时期宝卷所具有的教化世人的功能就是依靠渗透在宝卷中的宗教信仰来实现的。中国古代通俗小说中也有很多涉及宗教信仰的内容，一度还出现过如鲁迅先生所谓的“释氏辅教之书”，但发展至明清时期，绝大多数小说的创作初衷并非“为宗教而宗教”或“为教化而宗教”，而是出于对小说本身人物塑造、情节设置、主题指向等方面的考虑，加入具体的宗教内容。宝卷由于其劝善、教化的功用导致其作者在创作时就要寻找一种能够将劝善、教化融入其中并且能够使受众容易理解、接受的载体，宗教信仰就成为这种诉求的不二选择。宗教观念与思想为宝卷提供了根本的表达逻辑和叙事谋略。中国古代社会在不同时期由于统治阶级的提倡或镇压，佛教、道教等宗教轮番成为整个社会的集体信仰，再加上当时占人口绝大多数的普通下层百姓的受教育程度极低，其对自然界和人类社会的认知程度也相对有限，这类人群亟须寻找一种能够帮助自己在各种处境（尤其逆境）中寻取寄托、获得开解的思想工具。他们虽然不具备很好的文献阅读理解能力，但长期以来在民众间流传的宗教信仰却是他们能够理解并接受的，宝卷的编写者将这些不同的宗教信仰融入不同的宝卷故事中，作为宝卷接受者的下层百姓通过自己熟悉的宗教故事、传说入门，继而成为宝卷的受众，同时宝卷中所具有的宗教信仰也成为民众寻求心灵安宁的寄托。

宗教性在许多宝卷中都有体现，例如:《销释金刚科仪》是一部演释《金刚般若波罗蜜多经》的佛教宝卷；以白蛇故事为题材的《白蛇宝卷》中表现出宗教修道思想，此宝卷将结局设置为“法海度许仙成佛，自己功德圆满成为如来座下长眉仙”，传达出浓厚的宗教宣传的意味;《何仙姑宝卷》则用很大篇幅来讲述宗教修炼法门，实际上是以吕祖渡何仙姑的故事来表达其宗教性本质。“游地狱”情节也是宝卷进行劝教宣教的重要手段，其中蕴含了浓厚的宗教性，以此来强化它的宗教观和果报观。这些相伴在宝卷中的宗教性，承担了劝人向善和教化民众的功用，通过浅显易懂的情节安排，将视角靠近世俗社会，这样的劝善、教化效果是非常有效的，在一定程度上成为宝卷受众心里的一架道德天平。

二、作者

小说属于文人叙事，宝卷则是民间叙事，小说作者与宝卷作者之间表现出明显的差异性。首先，在创作动机上两者就存在着根本差别。尽管宗教修养有限，宝卷的作者基本由教徒或信众所构成，这些教徒、信众编写宝卷的初衷就是为宣扬其所信奉的宗教，尽管不能完全排除谋利的成分，但绝大多数宝卷编写的原始动机是传播教义、招揽信众。而小说的作者虽然也可能存在宗教信仰，但编创小说的目的是基于自娱和娱人，甚至完全是谋利。明清时期的通俗小说作者多为下层文人，他们创作小说的最初心态很多是为了自得其乐或者在友人间传阅分享，继而有一些通俗小说作品流传开来，逐渐形成有需求的市场，书坊主看准商机，迎合市场，根据读者的需求调整出版方向，或雇请文人撰写，或亲自操刀，编刊热销产品，从中获利。尤其晚清时期，小说创作活动与文人的“治生”活动结合得更加紧密，许多报刊连载小说，其实就是文人卖文糊口的产物。其次，小说与宝卷的作者之间也存在着显著的文化教养差异，小说作者在这方面明显高于宝卷作者。明清时期的通俗小说作者大多为下层文人或书坊主，这些小说作者即使生活在社会底层，也有一定的文化素养，在创作小说的过程中充满了文人意气和创作的才情，可以通过丰满的人物形象和精彩的情节设置牢牢吸引住读者。同时，文人在进行文学创作时，总是有所寄寓的，即便是纯粹谋利的作品，文人也会不自觉地将其文化修养、艺术情趣，以及对社会人生的理解融入书写活动。而作为宝卷作者的教徒、信众，他们的文化水平极低，基本只能做到简单的抄写、记录，可能还会错漏百出，现存的宝卷中就有不少谬误之处，如果是有一定文化水平的作者，在编写宝卷的过程中会发现此前流传过程中的错误进而修正，但宝卷作者没有这个能力，只能将错就错。在很多宝卷中，作者由于没有足够的文化修养进行创作，所以只能借助因缘、果报、地狱等意象在民众心中的恐惧感和威慑力来达到其惩恶扬善、修行劝道的编写目的。另外，小说受众阅读作品之后，作者或书商需要较长时间才能将所获得的反馈信息融合进故事中，再创作出更加精彩的小说作品。而宝卷作为民间说唱文学，其传播过程仰仗宣卷先生、念卷佛头的口头表演，这些活跃在宝卷传播一线的先生、佛头很多也是宝卷作者，他们虽然是依宝卷内容来进行说唱活动的，但由于其与宝卷的受众是直接面对面的，可以即时地发现、了解受众在接受过程中的各种反应，从而进行随机的调整（尽管这些调整大都是小修小补）。因此宝卷与小说相比，作者的再创作作用表现得更加短时、快速、明显。

三、受众

受众的力量是不容低估的，“在作家、作品和读者的三角关系中，后者并不是被动的因素，不是单纯的作出反应的环节，他本身便是一种创造历史的力量”①。换句话说，从作品到受众，并不是一个单向辐射的过程，受众集体可以反过来影

① 朱立元：西方美学通史 [M]. 上海：上海文艺出版社，1999：298。

响作品，这种反作用力可能会很大。“大家喜欢看白蛇生状元，大家同情于白娘娘，于是，白娘娘的地位就逐渐被抬高，变成一个有情感的可爱的人。”① 赵景深先生的这段话道破了受众在文学作品从产生到接受过程中的重要地位。

在中国古代阅读小说是需要一定文化基础的，这里所谓的文化基础至少是要识字，而这看似最基本的要求在小说与宝卷盛行的明清时期却是很难实现的。据《识字运动：民众学校经营的理论与实际》记载，光绪三十年（1900）中国社会的识字率约为 1 %，那么在明代或清中早期，我国的识字率会更低。即便在这 1 % 的识字人群中，能够具有阅读小说能力、有兴趣和时间阅读以及能够获得小说文本，都是难以满足的条件。② “明清通俗小说的读者，包括直接读者和间接读者两类，直接读者通过阅读小说文本来接受小说内容，其获取文本的方式主要有购买、转借和租赁；间接读者则依靠听书、看戏等途径间接接受通俗小说的内容。直接读者与间接读者又分别确立了明清通俗小说两种基本的传播方式——版籍传播与曲艺传播，这两种传播方式，其受众有一定的叠合，但更有明显的区分：版籍传播的对象，必须具备相当的识字能力，其社会身份主要为商贾、官宦及部分知识分子；曲艺传播的对象，则以‘村哥里妇’‘儿童妇女’为主，他们一般都没有能力直接阅读通俗小说文本。” ③

占当时社会绝大多数的没有阅读能力的人群的文学要求靠什么来满足呢？说唱文学在一定程度上成为宋元之后直至清末民初下层民众的文学阅读替代品，宝卷就在其中。由于对宝卷的阅读是依靠宣卷或念卷的形式进行的，民众通过在现场的观看、收听、参与，接收到相应的信息，进而完成“阅读”的过程，这足可以看出小说受众与宝卷受众的差异性，宝卷受众在一定意义上属于间接读者。受众对宝卷创作的影响非常巨大，编写者为迎合受众的心理需求，会以受众的期待来进行创作，而小说不会，小说还是属于文人创作。

小说受众与宝卷受众在经济能力上的差异也是不容忽视的一个方面。在中国古代社会，由于造纸与印刷成本高昂，购书与阅读不是生活贫苦的底层百姓所能承受的娱乐消费活动，能够负担此类精神文化消遣的人群一定有较好的经济能力，小说受众就是如此。明万历年间金阊舒氏刊刻的《封神演义》售价为纹银二两，

---

① 赵景深：弹词考证 [M]. 北京：商务印书馆，1939：20。
② 潘建国：明清时期通俗小说的读者与传播方式 [J]. 复旦学报，2001（1）：122。
③ 潘建国：明清时期通俗小说的读者与传播方式 [J]. 复旦学报，2001（1）：124。

而当时的米价为每石七钱二分七，二两银子大约可以买三石大米，相当于典史的月俸，当时小说售价之高，可见一斑。绝大多数宝卷受众生活在社会最底层，他们能够满足基本的吃穿用度需求已经十分艰难，无力购买昂贵的娱乐消费品，也没有能力享受单独的文化活动，而宝卷的传播形式，恰恰满足了这一阶层百姓的娱乐需求。每有一家举行宣卷、念卷活动之时，四邻乡亲都可前来观看，获得免费的娱乐体验，这非常符合穷苦百姓的消费习惯。

此外，小说受众与宝卷受众的消费心理也是不同的，阅读小说是一种文学体验，是一种精神娱乐，小说受众期待在与小说的文本交流中获得愉快的阅读感受，一种有别于个人现实境遇的特殊的生命体验。而宝卷受众对宝卷的心理需求则是更加功利性的，他们期待在宝卷中获得的不只是一个故事，更多的是心灵慰藉，是庇护和救赎。可以说，小说的消费是私人性的，宝卷的消费是集体化、公开化的，小说的受众其实是通过消费故事，实现个体精神在艺术时空中最大限度的延展，而宝卷的受众则是在宣卷活动中，回归集体无意识，在集体精神宣泄中获得力量。这就造成两者之间完全不同的消费心理。

第二节　小说与宝卷之同

从性质来看，小说是叙事文学，叙事性是小说的重要属性，也是其区别于其他文学形式的标志。就艺术风格和表现形态而言，小说属于通俗文学范畴，它以读者本位作为其基本的生存状态。[①] 而宝卷的情况相对来说有些复杂，但绝大部分宝卷还是属于文学宝卷，正如车锡伦先生所定义的宝卷特质——“大量的宝卷是演唱文学故事”[②]，从这个角度看，宝卷是一种叙事性的文学样式。另外宝卷也属于通俗文学范畴，郑振铎先生在20世纪30年代出版的《中国俗文学史》中就已经将宝卷囊括其中，并定义俗文学为“通俗的文学，民间文学，大众文学”[③]。本节尝试讨论小说与宝卷在性质、艺术风格及表现形态方面的相同之处。

① 谭帆：稗戏相异论——古典小说戏曲“叙事性”与“通俗性”辨析 [J]. 文学遗产，2006（4）。
② 车锡伦：中国宝卷研究 [M]. 桂林：广西师范大学出版社，2009：1。
③ 郑振铎：中国俗文学史 [M]. 北京：商务印书馆，2005：1。

一、同为叙事文学

“就叙事文而言，叙述方式将直接关系到故事的性质。”① 无论小说，还是宝卷，在故事处理方式、语言风格等方面都存在很大差异，即使是同一个故事，在不同时空内、不同叙事文体中、不同创作者笔下、不同版本中，也会在多个方面表现出不同，因此，我们阅读同为叙事作品的小说与宝卷时，可以尝试从如何讲故事的角度，如叙事视角、叙事模式、人物类型等方面入手，探讨两者之间同作为叙事作品的共性。

（一）叙事视角

叙事视角指“叙述者或人物与叙事文中的事件相对应的位置或状态，或者说，叙述者或人物从什么角度观察故事”②，也就是说，叙事视角解决的是谁在“看”“怎么看”的问题，这里的“看”不仅是一种视角体验，也可以是一种心理感受。

全知叙事视角是一种无所不知的视角，整体上可以看到故事的全景，细微处可以窥见人物的心理活动甚至情感走向。此视角在中国古代小说中的运用源自史传文学，史传的宗旨是实录，其作者为了让故事脉络、人物性格都合乎情理，将作为叙述者的自己置于一个能够全知的位置洞悉一切，表现出对故事情节、人物等方方面面无所不知、无所不晓，这样的叙述者通晓过去、预知未来，甚至清楚每一个人物心中所想，使读者感觉到叙述者从头至尾亲历了故事的始终。叙述者通过全知全能的视角俯瞰故事整体发展，起到掌控全局的作用。钱钟书先生所说的“史家追叙真人实事，每须遥体人情，悬想事势，设身局中，潜心腔内，忖之度之，以揣以摩，庶几入情合理”③ 即是对这种情况的诠释。在古代小说中，全知视角的运用常见于话本、拟话本及鸿篇巨制的长篇小说中，话本、拟话本由于其源于“说话”这种说唱伎艺，其演说形式就决定了讲话艺人要站在一个全知视角统领全局（“说话”艺术是场上表演，需要在最短时间内将读者带入故事，尤其了解背景情况，全知视角的选择就显得很必要），继而此叙事传统被保留在话本、拟话本中。而长篇小说，如《三国演义》《西游记》等由于其恢宏的气势、宏大的场面、复杂的人物性格，全知视角的叙事方式更加适用于此类作品。宝卷由于

① 胡亚敏：叙事学 [M]. 武汉：华中师范大学出版社，2004：21。
② 胡亚敏：叙事学 [M]. 武汉：华中师范大学出版社，2004：33。
③ 钱钟书：管锥篇 [M]. 上海：三联书店，2001：317。

其说唱文学的演唱形式，宣卷先生与宋元说话艺人一样，都从全知叙事视角出发掌控故事发展的全局。如《唐僧宝卷》："看看来到洪州府，大小官员齐来迎。各府乡绅齐来接，接官亭上暂安身。六房接进衙门去，这段根由谁知因。人人只说陈光汝，状元天子两连襟。那知强盗刘洪贼，谋死皇亲状元身。盗他朝廷印信职，占他妻子好伤心。借他为官皇恩命，强占殷相女千金。朝廷那知冤枉事，天高地远那知因。文书晓谕夫人判，强盗为官克万民。酒色昏迷贪赃贼，万民百姓尽遭瘟。"[①] 宝卷的聚焦者无所不在、无所不知，这是典型的全知视角。

"就算小说采取了'全知'的视角，从一个如神一般高的地位俯瞰所有的行动，它终将偏好某一个或某些特定的视角来叙述故事，来说明故事事件和这些视角观点之间的关系。"[②] 上述这段话说出了限知视角在叙事作品中的必要性。聚焦者为了故事的发展，需要将自己化身为故事中的某一人物，从其视角来观察周围的细节，这就是限知叙事视角运用。如《三国演义》"刘玄德三顾茅庐"一回中运用刘备的视角描写如下："（刘备）遂上马，行数里，勒马回观隆中景物……观之不已，忽见一人，容貌轩昂，半姿俊爽，头戴逍遥巾，身穿鬼布袍，杖藜从山僻小路而来，玄德曰：'此必卧龙先生也！'"[③] 这便是限知视角在古代小说中运用的一例。限知视角虽然不及全知视角在时间与空间描写上自由、宽广，但更加独特、深入。在宝卷中的限知视角以代言体的形式出现，"代言体，指作者摹拟一个特定身份的人（或人格化的'物'），并以'这个人'的心理、声口去讲'我'（'这个人'）的所见、所行、所感"[④]。叙述者进入故事中，"代"人物"言"，以其中一员的身份、视角叙述情节发展。代言体的叙事手法由于其"摹拟一个特定身份的人"，能够更加准确地表现人物心理的活动，这就成为宝卷中的限知视角叙事。如《游龙宝卷》中正德要睡觉前与周元的一段对话，写道："君皇道：'周元，你收了夜饭进去罢。我要困哉。'周元道：'吾去打铺来。'君皇道：'我从来未曾困歇地铺，周元你家可有龙床？''啥个希奇，而且还有冲天冠、滚龙袍来。'君皇听说心中想，未知真假却分明。滚龙袍搭冲天冠，私藏国宝罪非轻。且看龙床如何样，待他拿出看虚真。周元急急忙忙忙掮了一部牵谷做龙床，又拿一件蓑衣、

① 霍建瑜：美国哈佛大学哈佛燕京图书馆藏宝卷汇刊·六·唐僧宝卷 [M]. 桂林：广西师范大学出版社，2013：336。
② [英] 戴维·洛奇：小说的艺术 [M]. 卢丽安，译. 上海：上海译文出版社，2010：30。
③ 罗贯中：三国演义 [M]. 北京：人民文学出版社，1973：324。
④ 李昌集：中国古代散曲史 [M]. 上海：华东师范大学出版社，1997：217。

一个箬帽，说：'客人，龙床拉里哉，请安处罢。倘然有风，带了冲天冠。若说冷，盖了滚龙袍末哉。'君皇说道：'是哉，你去困罢。'"①

在中国古代叙事作品中，上述两种叙事视角的运用随处可见，但拉高到整部作品的高度就会发现，很少有单独只用到一种叙事视角的叙事作品，大多都是此二者结合使用，成为一种双重叙事视角。

（二）情节设置

在叙事性作品中，情节的展开推动着故事的发展，使故事叙述呈现出流动的态势，可以说情节是串联起叙事作品非常重要的一个环节。"情节是故事结构中的主干，人物、环境的支撑点"②，倘若把情节抽出，无法想象成为孤立状态的各种叙事元素将如何向读者讲述出完整、精彩的故事。小说与宝卷在情节设置方面有诸多相似之处，很多情节在此两种叙事文体中都能经常见到，本节尝试在归纳相同点的同时，能够对情节设置在叙事作品中的功用有更加清晰的认识。"作家之所以选择一种艺术模式对待世界，往往因为这种艺术模式最大限度地吻合了他对于世界的艺术把握方式——一种以审美的态度关照现实所产生的交流。"③小说与宝卷中经常出现相类似甚至相同的情节，这是由于这些小说、宝卷可能取自相同或相类似的故事，所以我们就会看到雷同的情节，这些同素材小说、宝卷中的相似情节被反复使用，经不断打磨，最终发展成为具有模式化特征的叙事链条。

白蛇故事在我国民间广泛传播，是四大民间传说之一，宋元话本《西湖三塔记》，明代拟话本《白娘子永镇雷峰塔》，清代传奇《雷峰塔》《雷峰塔传奇》、小说《雷峰塔奇传》、弹词《义妖传》、宝卷《雷峰宝卷》《白氏宝卷》，以及民国时期的《新编雷峰塔传奇》《雷峰塔的传说》等，都对该故事进行了演绎和创作。另外，在各类民间曲艺（如马头调、八角鼓、鼓子曲、鼓词、滩簧、子弟书、小调、南词）中也每每可见白蛇故事的身影。从宋元话本直到清末宝卷，白蛇故事的情节一直处于不断丰满、变异的发展态势。对此故事的重构与再造，也让这一故事中的一些角色、情节在民间广为流传，"很多不同的故事可以源于同一情节"④，在故事被不断打磨中，情节也被逐渐被完善，虽然文体、作者、结构各不相同，但

① 游龙宝卷 [M]. 旧抄本。
② 胡亚敏：叙事学 [M]. 武汉：华中师范大学出版社，2004：119。
③ 南帆：论小说的情节模式 [J]. 上海文学，1985(10)：79。
④ 王增宝："情节"研究的理论框架 [J]. 文艺理论研究，2009（3）：136。

许多情节却在白蛇故事的流变中逐渐沉淀下来，并融入主干部分，最终成为读者耳熟能详的故事精髓。

话本《西湖三塔记》偏于志怪，其中并无后来白蛇故事中的精彩内容。其创作主旨正如篇末所言："只因湖内生三怪，至使真人到此间。今日捉来藏篋内，万年千载得平安。"[①] 作者只是讲述了一个离奇的事件，一个妖怪在人间为害的故事，站在"人"的角度，对故事中的异类角色没有表现出丝毫的理解和同情。此话本被认为是后来成熟白蛇故事的蓝本。拟话本《白娘子永镇雷峰塔》中记录的白蛇故事是"一个俊俏后生，只因游玩西湖，遇着两个妇人，直惹得几处州城，闹动了花街柳巷"[②] 的风流韵事。虽然较《西湖三塔记》而言，更像男女情爱故事，但故事中在情节、人物等方面的设置均与后期成熟的白蛇故事有较大差异，反倒是劝诫世人的意味较重："奉劝世人休爱色！爱色之人被色迷。心正自然邪不扰，身端怎有恶来欺？但看许宣因爱色，带累官司惹是非。不是老僧来救护，白蛇吞了不留些。"[③] 可以看出，尽管在形象塑造上，白蛇较之前更加"人格化"，但仍然作为一个负面形象出现。另外，在这篇拟话本中，法海的四句偈语"西湖水干，江湖不起，雷峰塔倒，白蛇出世"[④] 为此后各种样式的白蛇故事提供了继续创作、改编的灵感来源。清代黄图珌的传奇《雷峰塔》在故事情节上与拟话本《白娘子永镇雷峰塔》非常相似，后世流传的白蛇故事经典情节在此传奇中也多有出现。

在情节设置方面，小说《雷峰塔奇传》、弹词《义妖传》、宝卷《雷峰宝卷》《白氏宝卷》最为相近，由于本文的研究对象是小说与宝卷，弹词《义妖传》便暂不列入讨论范围。

《雷峰塔奇传》是清嘉庆时期的中篇章回小说，《雷峰宝卷》《白蛇宝卷》均成书于清末，将《雷峰塔奇传》的回目"谋生计娇容托弟，思尘界白蛇降凡——游西湖喜逢二美，配姑苏获罪三千——吴员外见书保友，白珍娘旅店成亲——白珍娘吕庙斗法，许汉文惊蛇陨命——冒百险瑶池盗丹，决双胎府堂议症——狠郎中设计赛宝，慈太守怀情拟轻——巧珍娘镇江卖药，痴汉文长街认妻——染相思

① 洪楩、石昌渝：清平山堂话本 [M]．南京：江苏古籍出版社，1990：36。
② 冯梦龙：警世通言 [M]．北京：人民文学出版社，1956：436。
③ 冯梦龙：警世通言 [M]．北京：人民文学出版社，1956：464。
④ 冯梦龙：警世通言 [M]．北京：人民文学出版社，1956：464。

徐干求计，游金山法海示妖——淹金山二蛇斗法，叠木桥两怪叙情——怒狠狠茅道下山，喜孜孜文星降世——法海师奉佛收妖，观世音化道治病——标黄榜名震金街，结花烛一家完聚”[①]与《白蛇宝卷》的回目“白龙遗津成蛇象，被获买放遇龙婆——访师难遇知音道，天缘访得蕊芝仙——北玄山中收小青，西湖玩景解心愁——孤山扫墓玩湖景，唤渡同舟遇良姻——盗库银发配姑苏，重相会兴隆药业——茅山道赠符斗法，端阳节白氏现形——盗仙草许仙重还魂，现苍龙汉文去疑迷——雷音寺法海奉佛命，七星妖水漫金山寺——许汉文瞒妻上金山，白娘娘寻夫求法海——归临安断桥重相会，覆团圆姑嫂成知己——产子成衣遗手迹，覆钵传道镇雷峰——逼试遇父中状元，收青祭塔赴瑶池”[②]进行比对，可以看出二者故事情节发展的脉络大致相同，尤其是很多关键情节相似度很高。再将《雷峰宝卷》的大致故事线索梳理出来，其中白蛇下凡、西湖遇许宣、定盟赠银、许宣发配苏州、成婚开药铺、端午现原形吓死许宣、盗仙草、水漫金山、白蛇产子、法海收妖、许宣出家、梦蛟得中状元、祭塔救母、白蛇许宣飞升成仙、梦蛟碧莲成亲等情节与小说《雷峰塔奇传》都是可以对应上的。可以说，上述这些情节已经成为白蛇故事的固定成分，或者说经典桥段。白蛇故事中最具代表性的西湖相遇、端午惊魂、盗仙草、水漫金山、白蛇产子、状元祭塔等情节经过几百年的加工润色成为白蛇故事的代名词，任何一个情节被单独提起，都会让人自然将其与白蛇故事联系在一起，足见经典情节在叙事性作品中的重要性、标签性和不可替代性。

较之宝卷，小说有更漫长的传播过程，其中的情节、形象、人物深入人心，在宝卷的编写过程中，为了让受众更好地接受，很自然就会将同题材小说中受众喜闻乐见的人物形象或热闹戏谑、接地气的情节内容拿来进行再加工，受众对这样的故事、人物都很了解，自然也就更容易接受。另外，宝卷和小说也要选取情节曲折离奇的故事，这是叙事文学所需要的，既能增加故事的可读性和吸引力，也能争取更多改编和演绎的空间余地。在故事的主旨和价值取向等方面的设置要考虑到受众是普通民间百姓，要能够引起他们的共鸣。宝卷在情节、人物设置上对小说的借鉴极多，在精神主旨方面则更多地融入了宝卷所倡导的宗教信仰。

① 王国平：西湖文献集成 [M]. 杭州：杭州出版社，2004。
② 王国平：西湖文献集成 [M]. 杭州：杭州出版社，2004：251。

二、同为通俗文学

小说与宝卷同属于通俗文学范畴。“俗文学就是通俗文学，就是民间的文学，也就是大众的文学。”[①]“通俗性”“民间性”“大众性”是小说与宝卷的共同属性。“通俗文学”不是一个文体概念，而是一个“文类”概念，实际上指的是一种“价值功能”“表现内容”“审美趣味”“传播接受”等方面基本趋于一致的文学类型或文学现象[②]。本节将从小说与宝卷通俗性的视角出发，探讨两种通俗文体在题材、民间性等方面的情况。

（一）题材

中国古代通俗小说的题材非常丰富，鲁迅先生大致将其分为讲史小说、神魔小说、人情小说、讽刺小说、狭邪小说、侠义小说、公案小说、谴责小说等。[③]其中，讲史、神魔、人情、侠义、公案等题材与宝卷的故事题材都有重叠，这些相同题材的小说与宝卷之间或隐或显的互动关系，在一定程度上影响着两种通俗文学各自的发展走向。

历史演义与英雄传奇在中国通俗小说的发展历程中占有重要地位，此两种小说类型的渊源可以追溯到宋代说话中的“讲史”。历史演义将目光聚焦于朝代兴废、政治角力、军事较量等方面，在虚实之间，既立足于正史，又将虚构的故事引入其中，《三国演义》是其开山与代表。英雄传奇小说则将创作重心转移至历史上充满传奇色彩的英雄人物身上，以人物为中心串联起相关事迹，《水浒传》是此类小说的典范。历史演义与英雄传奇故事是宋元说话艺人的惯熟题材，这两类小说有非常广泛的群众基础，在编写宝卷的时候，作者会考虑到历史演义小说和英雄传奇小说的故事非常符合大众的审美期待和接受习惯，将其作为重要素材，如《护国佑民伏魔宝卷》《关帝宝卷》《闹东京宝卷》等。

神魔故事是宝卷中另一种常见的故事群落。二者的结合，有其天然优势，即在三教融合的文化语境中构造通俗化的宗教故事。鲁迅先生在《中国小说的历史的变迁》中对神魔小说做出概括：“在小说中所写的邪正，并非儒和佛，或道和佛，或儒道释和白莲教，单不过是含胡的彼此之争，我就总括起来给他们一个名目，

---

① 郑振铎：中国俗文学史 [M]. 北京：商务印书馆，2005：1。
② 谭帆：稗戏相异论——古典小说戏曲“叙事性”与“通俗性”辨析 [J]. 文学遗产，2006（4）。
③ 鲁迅：中国小说史略 [M]. 上海：上海古籍出版社，1998。

叫作神魔小说。”[①] 神魔小说多写荒诞离奇之事，其将宗教、神话、传说等来源的素材结合起来，再加上丰富的想象，从明清时期产生之后就一直吸引了大量的读者。这类小说中充斥的宗教成分、民间信仰、民俗事象等都与宝卷非常契合，所以神魔小说为宝卷的编写提供了丰富的题材来源，如《唐僧宝卷》《雷峰宝卷》《八仙宝卷》等。公案侠义类小说源自宋代“说话”中的“说公案”，讲述“搏刀赶棒，及发迹变泰之事”[②]，后又有侠义类小说与其汇合，公案侠义类小说情节紧张悬疑、精彩刺激、引人入胜，尤其其中的断冤案内容，非常符合民众对清官明断的期待。另外公案侠义类小说多由单篇连缀式结构构成，这样的构成方式便于将单篇故事改编成宝卷，所以小说与宝卷中有相当数量题材相同的公案侠义类作品。历史演义、英雄传奇小说的素材经常以说理佐证的面貌出现在宝卷中，是小说故事在民间说唱文学中除了直接搬演的讲故事的功能的又一种功能，如《李宸妃冷宫受苦宝卷》《双奇冤宝卷》等。此外，人情小说中的才子佳人小说以及后期的儿女英雄小说通过各种样式的说唱文学进行传播，有相当的民众基础，且这类讲述男女两性关系的题材也是民众所乐见的，故而可以见到一定数量与人情小说题材相同的宝卷，如《二度梅宝卷》《珍珠塔宝卷》等。

宝卷对小说的改编方式大致可分为四种，整体因袭加工、片段择取改编、零散元素利用、内容间接模仿。这其中的整体因袭加工与片段择取改编两种方式，会产生题材非常类似的小说与宝卷。

整体因袭加工式改编方式，是宝卷对小说的整体故事进行继承演绎，其情节、脉络、人物、旨趣等方面均与小说相同。例如，《南海观世音全传》与《香山宝卷》，《八仙出处东游记》与《八仙宝卷》，《三侠五义》与《喜鹊桥宝卷》，《百家公案》与《雪梅宝卷》，《雷峰塔奇传》与《雷峰宝卷》《白氏宝卷》，《董永遇仙传》与《小董永卖身宝卷》，《二度梅全传》与《佛说忠良仁义贤孝宝卷》，《西游记》与《佛说西游慈悲宝卷道场》，《韩湘子全传》与《韩湘宝卷》，《桃花女阴阳斗》与《桃花女宝卷》等都是由整体因袭加工方式产生的题材相同的小说与宝卷，这类小说与宝卷有相同的故事题材、情节内容、发展脉络，在人物设定等方面的相似度也极高。

片段择取改编的方式，是将原故事中的一部分情节拿来进行丰富、充实，整

① 鲁迅：中国小说的历史变迁 [M]. 鲁迅全集第九卷. 北京：人民文学出版社，1981：110。
② （宋）耐得翁：都城纪胜 [M]. 上海：古典文学出版社，1956：98。

个故事的大体脉络不变。例如，《西游记》与《翠莲宝卷》《唐僧宝卷》《佛说江流和尚生天宝卷》《清源妙道显圣真君一了真人护国佑民忠孝二郎开山宝卷》《增补双熊梦十五贯宝卷》,《八仙出处东游记》与《孝女宝卷》《吕祖师度何仙姑因果卷》,《百家公案》与《张氏三娘卖花宝卷》《良愿龙图宝卷》《雪梅宝卷》《李宸妃冷宫受苦宝卷》《合同记宝卷》,《万花楼演义》《三侠五义》与《受苦宝卷》,《大明正德游江南传》与《游龙宝卷》,《三国演义》与《护国佑民伏魔宝卷》等都是通过择取片段改编的小说与宝卷，这一类型的宝卷大多数在题材内容方面很大程度上沿袭自相对应的小说。

涉及通俗文学的题材问题，还可以从母题的角度进行对比。题材与母题是两个并不相同的概念范畴，题材偏重于内容，是指文学作品要表现的是什么。而母题则是一种有限的、呈客观性的叙事单位。此二者之间有交叉的范畴，也存在明显的差异性，将题材与母题放在一起共同考虑，有助于从更加多元的角度理解小说与宝卷两种通俗文学文体在题材方面的相似之处。在小说与宝卷中，下凡历劫、承祧继产、人妖之恋、因果报应等母题类型都是十分常见的[①]。这其中，下凡历劫属于神魔小说题材，承祧继产多属公案题材，人妖之恋可以看作人情小说中的爱情题材与神魔题材相结合的母题类型，从母题的角度审视同为通俗文学的小说与宝卷的题材问题，为我们提供了一个更加多元的研究角度。

面对题材相同的小说与宝卷，我们不能只是简单地说宝卷“抄袭”了小说，而需要讨论宝卷的编写者选择相应的小说来进行改编的原因。比宝卷成熟早的小说在传播过程中，无论是通过说唱文学形式的口耳传播，还是抄写、印刷的纸质传播，民众对一些广受欢迎的小说中的故事情节、人物命运、发展脉络早已了然于心，可以说这些故事在民间已经有非常坚实的群众基础，宝卷编写者选择这类小说，只需要将其改编成宝卷的演唱形态，再加入一些宝卷特有的宗教元素，就可以借助某部小说的“艺术光环”为自身的传播助力。由于熟悉小说原著中的人物、名物、情节，听众很容易接受宝卷对故事的重述，并不自觉地接受作者羼入其中的民间信仰和秘密宗教教义。早期佛教宝卷和中期的教派宝卷的内容题材多为阐述教义、教理及教派领袖修行悟道的过程。这些内容相对机械、教条，也比较枯燥，很难直接灌输给中下层民众，将其糅进某部经典小说的叙事链条中，或

---

① 吴光正：中国古代小说的原型与母题 [M]. 北京：社会科学文献出版社，2002。

是用小说的角色、名物、桥段来穿插装点，就很容易使文本变得通俗且生动，便于理解、消化，所以宗教宝卷也很重视对通俗小说的借鉴和改编。晚期的民间宝卷在题材方面加入了大量的通俗文学故事和民间传说，早中期宝卷中的宗教性质逐渐减弱，文学性则逐渐增强，其对小说原著叙事经验的吸收也就更为直接和必要。总而言之，虽然各种文艺样式都为宝卷提供了可以吸收借鉴的元素，但在题材方面，通俗小说绝对是宝卷的重要效仿对象，所以两种通俗文学中可以看到大量相同题材的作品。

（二）民间性

孔子曰："唯上智与下愚不移"，美国人类学家罗伯特·芮德菲尔德提出"大传统和小传统"的概念。[①] 这里所说的"上智"和"大传统"即指代表着国家与权力的、由城镇的知识阶级所掌控的书写的文化传统；而"下愚"和"小传统"则指代表乡村的、由乡民通过口传等方式传承的大众文化传统。[②] 在中国传统社会的文化结构中，无论是"大传统"还是"小传统"，其中都有知识分子的身影。他们与国家权力结合，形成上层精英文化；又利用教化的功用，与通俗文化结合，形成中下层民间文化。本文所探讨的两种文体通俗小说与宝卷都主要居于中国传统文化结构中的中下层，通俗小说从民间文学中吸取大量的养分，致使其天生就带有很多民间性的基因，而宝卷本身就是民间文学的一部分，其自身所表现出的口头性、流动变异性都是民间性的重要特征。

宋元之后，中国通俗文学逐渐脱离士大夫文人的书写传统向民间演进，这种演进轨迹是清晰可见的，话本、诸宫调、杂剧、南戏等都是如此。明中后期，小说成为通俗文学的主流。可以说，明清之际是中国古代小说最繁盛的时期，除了作品数量庞大，在传播力度和艺术品位方面也是显著的，由于彼时都市经济发达、社会结构变化、市民阶层壮大、都市文明发展、人文思想启蒙，继而整个社会的文化选择都朝着市民化、世俗化、商业化、娱乐化转变，这些新的发展态势，共同构成中古以来通俗文艺的民间性审美气质。我们也可以将其理解成为文艺生产、传播的重心下移的过程，这种重心下移过程的出现，究其原因是多方面的，通俗小说源于民间说话，而说话艺术是脱胎于民间文化土壤而始终贴近民间的，其先

① 罗伯特·芮德菲尔德：农民社会与文化 [M]. 北京：中国社会科学出版社，2013。
② 叶舒宪：中国文化的大传统与小传统 [J]. 党建，2010（7）。

天就缺乏文人的思想和旨趣，尽管后来由场上转入案头，由民间集体生产改为文人个体创作，知识阶层的思想观念和审美情趣越来越多地渗透至小说文体的肌理中，但通俗小说始终是面向市民大众的，可以说，它的民间性脐带从来没有真正割断过。“一切新文学的来源都在民间。民间的小儿女、村妇农夫、痴男怨女、歌童舞伎、弹唱的、说书的，都是文学上的新形式与新风格的创造者。这是文学史的通例，古今中外都逃不出这个通例。”[①] 胡适先生的这段话虽然不是讨论通俗小说，但也可以让我们了解到民间性的重要程度。我们可以认为“中国通俗文学的成就是文学走向民间性和通俗化的结果”[②]。

宝卷则是一种兼具宗教性和民间性的说唱文学。宝卷的发展到清中期之后进入民间宝卷时期，民间宝卷的编写者大多是普通信众或说唱艺人，这类人群出身底层，文化水平也不高，他们将此前佛教宝卷与教派宝卷中晦涩的教义、教理内容逐渐剔除，转而加入符合民间意识形态的世俗化、娱乐化的内容，再通过相较小说更加通俗的说唱形式传播，使得普通民众更加容易接受。在宝卷中，文人的思想观念和审美情趣，寻不见丝毫踪影，取而代之的是底层民众的心理和情绪，在精英文人看来，它可能是幼稚可笑的，但它是最原始、最真实、最生动而活泼的民间表达。宝卷比小说更加贴近世俗大众，其民间性表现得更加直接和普遍。

小说和宝卷同为通俗文学，民间性是两者的共同属性。以明代最著名的三部长篇小说《三国演义》《水浒传》《西游记》为例，它们都是由在民间长期流传、积累的各种文学样式再经文人加工、汇集、再创而成的。“《三国演义》和《水浒传》中的江湖义气就来自民间，是这两部小说的精神命脉。《西游记》中的三教合一固然是唐以来社会思潮大趋势的影响，但也反映了民间的圆融混杂的观念。”[③] 正是由于“三国故事”“水浒故事”“西游故事”经过了漫长的民间流传阶段，其中裹挟了大量的民间性元素，大到作者思想、创作主旨，小到人物语言、故事细节，皆是如此。中国小说源自民间，描写民间，还反作用于民间。这就决定了小说这一文体天生具有民间性。中国古代小说的优秀作品，通常是文人根据口传文学改造的结果。也就是说，文人创作向民间的源头去汲取素材和营养，是我国小说成长发展的通例。

---

① 胡适：白话文学史 [M]. 南京：江苏文艺出版社，2013：10。
② 谭帆：稗戏相异论——古典小说戏曲“叙事性”与“通俗性”辨析 [J]. 文学遗产，2006（4）。
③ 刘勇强：中国古代小说史叙论 [M]. 北京：北京大学出版社，2007：23。

同样是上述这样有广泛传播基础的故事，在进入宝卷这种民间说唱文学之后，有大量民间性的内容随之进入，如宝卷中复杂的神、仙谱系就是由各种民间性期待所创造的。以关公为例，在《三国演义》成书之前，关于三国的故事、关公的故事已经在民间广为流传，并且在小说中也有“关公显圣”的情节安排，然而这一人物形象在宝卷中通过观音、三官神、玉帝、人帝的数度加封，其身份则更加神化，已经可以“诸魔邪神一扫无踪”。之所以将关公这样神化，主要是宝卷的编写者考虑到受众的期待，才将民间性的内容融入到宝卷的故事中来。宝卷的受众基本是社会底层百姓，他们不会思考复杂、深奥的人生命题，只是希望获得实实在在的平安、富贵、子孙满堂等生活期许，正如车锡伦先生所说，“民间宝卷中所架构的神鬼体系，不是建立在严谨、缜密的宗教观念之上，而是出自实用和功利的目的，出自平民百姓现实生活中的困扰和需求”①，这其中的“平安”，就是民众寄托在关公身上的祈盼，希望得到“三界伏魔大帝神威远镇天尊”的庇护。在宝卷中，编写者安排了各种满足类似民众期待的神、仙，这样编排的本身就是一种非常民间性的行为，再加上内容上的各种民间性素材、细节，就更加显现出宝卷的民间性特点。此外，口传性也是小说与宝卷民间性特征中的重要一点。中国古代小说从宋元话本进入通俗阶段，宋元话本本身就是“说话”底本，这种在说话艺人间口头传播的说唱文学经过百年的演进，逐步发展为成熟的通俗小说，口传性从其产生之初就与之相伴。宝卷的口传性更是显而易见，民众对宝卷的接受过程基本是依靠宣卷、念卷等讲唱活动而进行的。无论是小说还是宝卷，这种在口头传播的特质，就决定了无论是说唱艺人还是宣卷先生都会在讲唱的过程中按当时的情况随机加入一些当时民众期待的情节内容，而这些即时性的加入成分将各种民间性思想、内容带入到小说、宝卷中。

前文梳理了通俗小说与宝卷在萌发期、发展期和繁荣期的发展轨迹，并就两种文体的相异性与相同性方面做出比较，下文中笔者将在宝卷与小说的互动方面进行更加深入的探讨。

---

① 车锡伦：中国宝卷研究 [M]. 桂林：广西师范大学出版社，2009：20。

第四章　宝卷对小说的接受

相对于诗文等大宗文学而言，小说是非主流的、通俗性的，但较之宝卷，它又是主流的、文人性的。在文学的长期发展流变中，文体形式成熟较早的小说，对后来的说唱文学影响较大，有着较强的干预性。陶辅的《花影集·翟吉翟善歌》卷四言："望者瞽者缘衣食，故多习为稗官小说，演唱古今。"①徐渭的《徐文长逸稿·吕布宅诗序》卷四载："始村瞎子习极俚小说，本《三国志》，与今《水浒传》一辙，为弹唱词话耳。"②费轩的《扬州梦香词》云："评话每于午后登场，设高座，列茶具，先打引子，说杂家小说一段，开场者为之敛钱。然后敷说如《列国志》《封神榜》《东西汉》《南北宋》《五代》《说唐》《西游记》《金瓶梅》种种。"③这些文献有力证明了小说对说唱文学的强势影响，作为说唱体的宝卷自然也多从小说中汲取养分，借助小说的内容及影响力，在丰富完善自身的同时，也宣传推广着自己。

第一节　小说内容与形式对宝卷的渗透

宝卷作为一种独立的说唱文体，有其特有的题材内容和文体形式，而任何一种文体的发展都不是孤立、封闭的，所以宝卷在整个文学语境中，多与其他文学样式交互、渗透，加之外在的客观因素影响，逐渐形成其新的样貌。其中，宝卷在发展中便呈现出趋同于小说的特点。

---

① 陶辅：花影集 [M]. 长春：吉林大学出版社，1995：85。
② 徐渭：徐渭集 [M]. 北京：中华书局，1983：785。
③ 胡士莹：话本小说概论 [M]. 北京：中华书局，1980：187。

一、小说内容题材在宝卷中的显现

宝卷起源于唐代的佛教俗讲，具有强烈的宗教色彩。宣卷活动往往不以娱乐消费为目的，而是以通俗易懂的形式讲解经文、演说佛教因缘故事，以达到宣传佛法的目的。早期的宝卷，如《销释金刚科仪宝卷》（演释鸠摩罗什译《金刚般若波罗蜜多经》）、《佛说阿弥陀经宝卷》（讲释鸠摩罗什译《阿弥陀经》）、《香山宝卷》（演说妙善公主立志出家修行，化度王室与国民，最终得道为观世音菩萨之事）、《刘香女宝卷》（讲唱刘香女自幼持斋把素，历经种种磨难，最终与中状元的丈夫坐化升天的故事）、《黄氏女宝卷》（讲述黄氏女三世持诵《金刚经》，历尽苦难修行得道的故事）等，皆是如此。明代以来，民间教派大量兴起，它们在当时都具有较大的社会影响力，招徕了为数众多的信徒。然而，这些教派缺乏自身的经典文献，看到宝卷在传经授道方面的突出作用，便仿造其形式，编制了很多教派经卷，如罗教的“五部六册”（《苦功悟道宝卷》《叹世无为宝卷》《正信除疑无修正自在宝卷》《巍巍不动太山深根结果卷》《破邪显正钥匙宝卷》二册）。它是由教主罗清口述，其弟子记录而成的教派经卷。罗清研习过净土宗与禅宗，并在佛教基础上，融会贯通道教“清静无为”观和宋明理学思想，“五部六册”便是其三教合流思想的产物。虽然“五部六册”并不是最早的民间宗教宝卷，但其包含的教义、内容和形式对后世民间宗教的影响相当深远。罗教之后的黄天教、弘阳教、西大乘教、圆顿教等教派，往往都奉罗清为祖师，在经卷的编写上也都模仿、借鉴，甚至剽窃“五部六册”。如斋教的《三祖行脚因由宝卷》、黄天教的《普明如来无为了义宝卷》、闻香教的《皇极金丹九莲正信归真还乡宝卷》、西大乘教的《普度新声救苦宝卷》、弘阳教的“五部经”（《临凡经》《苦功经》《明心经》《叹世经》《结果经》）等，都不同程度上继承、发展了罗教“无生父母，真空家乡”的思想，成为宣扬本教的布道经书。所以，无论是早期的佛教宝卷，还是之后被利用的教派宝卷，其形态皆具有浓重的宗教意味，内容题材多是阐述教义、教理及教派领袖修行悟道的历程。

由于民间教派的势力逐渐威胁到统治者的利益，其结果自然是不断受到当权者的限制与打压，因此，众多民间教派随之衰落而湮灭，具有宗教性质的宝卷也失去了其赖以生存的土壤。虽然宝卷生存空间不断狭窄，但它作为独特的艺术形式并没有就此消亡，而是通过体势嬗变延续其生命力。车锡伦先生根据宝卷不同时期的性质特点，将其划分为两大发展阶段。以康熙年间为界，之前为宗教宝卷发展期（此阶段又分为佛教宝卷发展期与教派宝卷发展期），之后则为民间宝卷发展期。[①] 从这种宝卷不同性质的界定，也可以看出其表现形态的转变。中早期的宝卷创作者多是宗教人士，而随着教派势力的淡出，宝卷的编撰者多是民间普通信众或说唱艺人，其文化水平较为低下，所以之前宝卷中相对复杂的教义、教理内容逐渐被剔除，故事与民间意识形态结合更为密切，因此其呈现出一种世俗化、娱乐化的倾向。

就题材内容而言，大量的民间传说和俗文学故事涌入宝卷之中，使其宗教性有所减弱，而文学性则逐步增加。虽然宝卷对其他文艺形式也多有吸收和借鉴，但通俗小说的文学性更强，它是宝卷的重要资料来源。“从明代中叶直至清末民初，民间艺人主要以改编和说唱小说为主，真正属于民间艺人独立编创的书目只占少数，这主要是因为多数说书艺人的文化知识水平不高，写作能力有限，要亲自编撰说书脚本尚存在一定的困难，因而选择当时在社会上比较流行的小说名著加以改编和演说，也就成了说书界司空见惯的现象”[②]。虽然此言评述的是对小说的改编现象，但对于民间宝卷的编撰情况来说亦是如此。后期宝卷的题材内容不再局限于演说宗教的教义、人物和故事，受小说的强势影响，其演说内容逐渐向小说靠拢。可以说，这一时期的宝卷对各种题材的小说多有袭用，如对神魔类小说的演绎，即有《西游宝卷》《桃花女宝卷》《白蛇宝卷》等，对公案侠义类小说的表现，即有《龙图案宝卷》《李宸妃冷宫受难宝卷》《五鼠闹东京宝卷》等，对英雄传奇类小说的借鉴，即有《精忠宝卷》《杨金花宝卷》《薛丁山西征宝卷》等，甚至对才子佳人类小说亦有演说，如《二度梅宝卷》等。除以上直接取材于小说的宝卷外，还有一些形态上虽仍承续教派宝卷的模式，但卷中已无教派宝卷的说辞，其内容完全是讲唱俗文学故事，如《佛说王忠庆大失散手巾宝卷》《佛说慈云宝卷》等。

二、小说结构形式在宝卷中的体现

宝卷作为一种说唱艺术形态，其文本有一定的结构模式，但在不同发展时期，

① 车锡伦：中国宝卷研究 [M]. 桂林：广西师范大学出版社，2009：2-3。
② 纪德君：在书场与案头之间：民间说唱与古代通俗小说双向互动研究 [M]. 北京：文化艺术出版社，2009：304。

又呈现出不同的变化。教派宝卷的结构形式虽然与早期的佛教宝卷有一些差异，但整体上仍有一定的相同性，即分为三大部分，开卷、主体和结卷。

开卷内容有讽经咒、安坛、举香赞、三宝颂、开经偈、提纲、信札常住三宝、开卷偈等；主体说唱部分是以“分”或“品”的形式存在，其内容包括散说、诗赞、唱段、长短句歌赞、诗赞、小曲等；结卷内容包括说唱宝卷圆满、回向、发愿等。

随着宝卷的发展，其内容形式则出现了一些变异，“这些变异除了少数是固有的形式外，主要是宝卷演唱仪式简单化和世俗化的趋向所致”。① 后期的很多宝卷在开卷、结卷部分大都进行删略，在主体的说唱部分也只保留了散说、诗赞、七字或十字唱段形式，而其后的长短句歌赞、诗赞和小曲内容也逐渐消失。同时，很多宝卷的散说内容比例明显增加。早期的宝卷演唱一般称作“宣卷”，而后期则称为“念卷”，即正文中的主要韵文唱词是“念”出来的。② 这也可以看出后期不少宝卷的音乐性有所淡化，其文本阅读性有所增加。换句话说，由于具有很强的音乐性，早期宝卷除了从小说中吸收素材外，还受到戏曲的很大影响，而后期宝卷剥离了诸多音乐性的部件和成分，与小说的关系变得更加密切。

另外，随着宝卷的发展，其取自佛教文献形式的分段结构——分“品”逐渐消失，取而代之的是章回小说中分“回”的分节方式。如《七真天仙宝传》，即分四卷三十二回，每回回目为四、三、四格式（如第一回：会合阴阳，终南山，三仙传道），每回以“诗曰”起始，后或接【望江远】【鹧鸪天】等词牌，后为散说。这已初步具备了小说的结构形态。早期的宗教宝卷《销释孟姜忠烈贞节贤良宝卷》，其分节为三十二品，后期依其改编的《长城宝卷》，则不再分“品”，而分“回”，每回以“诗曰”为引子，后以五言或七言四句诗为结语。只不过在传抄过程中有所遗漏，这种回目已不太明晰，但从文中“同等下回再找寻”“下回四郎、孟姜女，宿在凉山庙里头”“接连上回往下送，上回说的李金星，这回再说李金星”“下回咱再明”③ 的字样可看出其结构分式。同时，文中大量删去了原有的修道说辞，而增加了众多的细节描写，其情节更为生动曲折，文学性进一步增强。又如，据《雷峰塔奇传》改编而成的《白氏宝卷》则沿袭了章回小说形式，分二卷十三回，每回为七言或八言对仗标题，如第一回“白龙遗津成蛇象，被获

① 车锡伦：中国宝卷研究 [M]. 桂林：广西师范大学出版社，2009：137。
② 车锡伦：中国宝卷研究 [M]. 桂林：广西师范大学出版社，2009：240。
③ 路工：孟姜女万里寻夫集 [M]. 北京：中华书局，1958：260、282、283、297。

买放遇龙婆”，第二回“访师难遇知音道，天缘访得蕊芝仙”，第七回“盗仙草许仙重还魂，金山寺法海奉佛命”，第八回“雷音寺法海奉佛命，七星妖水满金山寺”。其整个文本体制已极似章回小说。虽然“品”和“回”都是一种单元性的结构，标示着一个文体区间，但两者之间存在本质区别：“品”只是一种表达区间，宝卷作者将经文分成若干“品”，即不同的层次、块面，它们共同组成完整的意义、连贯的语境，相连的“品”之间，必然存在一种逻辑，但这种逻辑不一定是叙事性的，而“回”则是一种叙事区间，它们对故事进行时间轴上的连贯切割，“回”与“回”之间的逻辑是时间性的、因果性的。这种由“品”到“回”的结构转变，不仅标志着后期宝卷在形式上受到小说的巨大影响，也说明宝卷在逐渐接受小说的表达逻辑和叙述策略。

宝卷结构上的渐变，是由其自身发展要求、外部艺术影响等多种因素决定的，并非完全受制于小说，况且分回叙事的体例也并非小说所特有的，但小说作为世俗文学的典范，很多通俗文艺形式又难免不受其影响，或主动借鉴或被动接受，宝卷在流传过程中或多或少地体现出小说的因子。

第二节　宝卷对小说的改编方式

作为案头文学的小说与说唱文学有着密切的关系，很多小说在成书过程中吸收、借鉴了说唱文学的素材，其本身自然具备了说唱文学的艺术特点。当其成为具有相当影响力的文学作品后，又反哺于说唱文学，成为说唱文学取之不竭的资料库。很多宝卷在编撰时多取材于小说，通过对小说内容情节的重置，结合自身的文体特点，改编成更为符合底层听众心理需求的说唱作品。宝卷改编小说的方式多种多样，但不外乎以下几种。

一、整体因袭加工

这种改编方式，是宝卷将小说的整本故事承袭演绎，其中的情节发展、叙事脉络、人物设定、内核旨趣均与小说相同。可以说是以小说为蓝本，亦步亦趋地敷演原著。

《二度梅宝卷》《佛说忠良仁义贤孝宝卷》即是对才子佳人小说《二度梅全传》的整体因袭。《二度梅全传》是清代一部较为特殊的才子佳人小说，它主要讲述了梅璧、陈杏元以及陈春生、周玉姐两对恋人之间悲欢离合的爱情故事，但又不单纯地描写他们的情感历程，而是将其贯穿于忠奸斗争和国运升沉之中，由此揭露社会的黑暗，鞭挞统治阶级的罪恶。该小说立意较高，反映的社会层面也较为宽广，一经问世，便深受广大民众的喜爱，成为戏曲和小说等重写、改编、模仿的对象。“清初天花主人的《二度梅全传》，似为一切说唱与戏曲文学之祖。”① 此处言说的《二度梅全传》的作者虽是错误的，但却道出众多民间说唱艺术以之为题材进行创作改编的文学现象。其中，宝卷对其的改编即有以上两种。小说情节曲折、人物众多、线索繁复，《二度梅宝卷》则基本再现了小说故事主体的发展进程。相对而言，《佛说忠良仁义贤孝宝卷》对小说的因袭程度更高，不仅情节一致，而且语言文字也高度相似。

如小说《二度梅全传》起始为一首词和一首诗：

词云：离了朝官位儿，跳出是非窝儿。清闲老人家心儿，消磨了豪杰性儿。寻一块无人地儿，做几间矮矮房儿。打几扇窗儿，栽种几株树儿。山上有草牧羊儿，池塘有水养鱼儿。到春来养花儿，到夏来乘凉儿，到秋来观菊儿，到冬来踏雪儿。一年四季收些五谷杂粮儿，做几坛酒儿，杀几只鸡儿，烹几味鱼儿，请几位知心的老儿，猜拳行令儿，讴歌唱曲儿，只吃到三更斜月儿。怀中抱子儿，脚旁睡妻儿，这才是无忧无虑快活逍遥一个老头儿。

诗曰：自古高风生大儒，忠君爱国费踌躇。
身至谏垣心辅政，岂知天意不能除。
奸臣反是君心腹，忠良颈血溅当衢。
文明日盛消群党，方显男儿是丈夫。②

而《佛说忠良仁义贤孝宝卷》起始中的“清闲自在歌”即为小说中的这首词，仅有个别字的差异，如“豪杰性儿”写为“好杰性儿”，“烹几味鱼儿”记为“烹几尾鱼儿”，这说明宝卷受到了小说的直接影响。后接的“开卷偈”则为小说中

① 谭正璧，谭寻：弹词叙录 [M]. 上海：上海古籍出版社，2012：32。
② 惜阴堂主人：二度梅全传 [M]. 上海：上海古籍出版社，1991：1-2。

的这首诗，只不过在诗前又加入了几句宝卷式的劝言，“宝卷内中分善恶，劝君莫当等闲文。忠良宝卷才展开，众位菩萨降临来。自古行善天加护，作恶之人总受灾。忠良宝卷善人听，流传来劝一切人”①。开卷中融入小说的诗词，也改变了以往宝卷惯有的开卷形式，增强了其文学性。

宝卷中的散说语言也多与小说相同，如梅魁为其夫人准备过寿一情节。

《二度梅全传》	《佛说忠良仁义贤孝宝卷》
忽一日没事，梅公与夫人闲坐谈道：“光阴如箭，不觉在此任所，已有十多年了。朝日并不闲暇，喜得没事，后日又是夫人的寿诞，我想备两碗肴菜，与夫人上寿。”夫人道：“老爷年年上寿，难为你了。”于是梅公即吩咐院子，传将出去，叫值日买办买菜。院子答应道：“晓得。”即将买菜单子交与买办。不多时，买办将菜送进宅门上。你道是什么东西？原来是两把菠菜，八块豆腐，斤半猪肉，两斤水酒。家人送至厨房备办不题。再说梅公叫家人请公子与夫人上寿，公子听得，即起身来整顿衣巾，叫书童锁了书房门，一路走进内堂，只见老爷与夫人对坐谈心。公子说道：“爹爹、母亲在上，孩儿拜揖。”梅公与夫人笑着说道：“我儿坐了。”①	话说梅公一日无事，与夫人闲坐道：“光阴似箭，不觉在此坐了十多年了，终日不得闲。幸喜今日无事，后日又是夫人寿诞，我想备两碗肴菜，与夫人上寿。”夫人道：“年年上寿，难为老爷了。”于是，梅公吩咐院子，叫值日买办买菜。院子将菜单交与买办。不多一时，买办将菜送进来。你道是些甚磨东西，原来是两把青菜，八块豆腐，半斤猪肉，二斤水酒。家人送到厨房不题。有梅公叫家人去请公子与夫人上寿。家人走到书房请知公子，良玉听说整顿□（衣）巾，□（书）童锁了书□（房），走进内堂。只见老□（爷）于夫人闲谈。公子道：“爹爹、母亲在上，孩儿拜揖。”梅公道：“我儿你坐了，听为父告你。”②

从以上两个片段可以看出，宝卷完全将小说语言抄袭下来，不仅人物出场、叙事流程、对话内容高度一致，而且，一些细节也多为相同。像准备的菜肴，小说中言：“两把菠菜，八块豆腐，斤半猪肉，两斤水酒”；宝卷中则说：“两把青菜，八块豆腐，半斤猪肉，二斤水酒”。蹈袭痕迹一目了然。

更为重要的是，宝卷作者放弃了宝卷固有代言体叙事，而选择了与小说叙事者相同的姿态和立场，从外部聚焦一个场景，交代人物的对话与动作细节，这完全是小说风格的，而非说唱风格的。

除了白文之外，宝卷中的韵文部分亦根据小说改编而来，如梅魁进京前对其夫人的交代一情节，

① 杨遇春：佛说忠良仁义贤孝宝卷 [M]. 道光十三年抄本。
① 惜阴堂主人：二度梅全传 [M]. 上海：上海古籍出版社，1991：5-6。
② 杨遇春：佛说忠良仁义贤孝宝卷 [M]. 道光十三年抄本。

《二度梅全传》	《佛说忠良仁义贤孝宝卷》
梅公对夫人说道:“我与你母子二人今日分别,不知可有相会日子否?”夫人道:“老爷这话怎么讲起?进京,少不得我与孩儿同你一路而行,那有分别之理?”梅公道:“你与孩儿不可随我进京,可收拾回转常州。一来你母子也归故土,二来家中还有几亩田地,足可供你二人薪水之费。你若随我进京,则不可。我一进京到任之后,就要起奏卢杞、黄嵩这一班奸贼,那时不是他死,便是我亡,恨不得咬他的肉,粉骨碎尸,方泄我之恨。今蒙圣上擢用之恩,敢不尽忠于国?我眼中岂容得这一班狐群?我就将此性命拼了,有何含怨?倘若我刑斩之后,你母子在京中,卢杞那贼,怎肯放过你们?他必要斩草除根,可不绝了我梅门之后。你们在常州,一闻有什么吉凶,还可改名换姓以避难。待孩儿日后可以立身于廊庙,那时见机而行,暗约众年伯叔,一全参奏,岂不是个长远之见?即不能出仕皇家,亦可以耕种田园,存身于后世,必要随我进京做什么?”①	梅老爷,后堂里,开言便告。叫夫人,你听我,细说分明。咱三口,今日里,一处讲话。离别了,还不知,可得相逢。有夫人,听此话,回言便道。少不得,咱三口,一路所走。为甚么,你说这,分别之情。梅公道,老夫人,不可前去。你母子,收拾去,回转家门。一来是,你母子,也归故土。咱家中,还有田,且度光阴。若随我,进京去,万万不可。我到京,就要除,卢杞黄嵩。那时节,我不死,必定他亡。恨不得,将奸贼,碎尸万段。恨不得,把贼们,万剐其身。我眼中,岂容这,一班狐群。倘若是,奏不准,我命难存。我死后,卢杞贼,怎饶你们。他必要,谋害你,斩草除根。那时节,我梅门,依靠何人?你母子,在常州,还可躲过。改了名,换了姓,抚养儿身。久已后,儿成人,金榜高重,那时即,同年伯,参奏贼人。②

经对比,可看出宝卷这段唱词完全改编自小说内容,以更为简练、通晓的十字句唱词将其演说出来。应该说,韵语是保留在宝卷中的最当行本色的部分。宝卷叙事者在散语部分可以打破文体壁垒,选择与小说叙事者相同的姿态和立场,甚至直接抄袭小说原文,但在韵语部分,宝卷叙事者需要回归代言体,以“三、三、四”等既定格式构造人物对白。然而,这只是一种结构上的回归,在内容上,宝卷的叙事者没有任何创造,连逻辑流程也是严格按照小说来的。

另外,小说的回目和开头诗,往往被宝卷用作歌赞部分,如将第一回的回目“老忠臣衙内自叹,圣天钦昭梅忠良”、第五回开头诗“耿介端方古世多,专心护国出淮河。忠肝义胆梅都谏,不惧威严黄与卢”用作唱词前的歌赞;又如将第七回的开头诗“丹心贯日老梅公,耿介天生傲睨衷。邪正从来难与并,空将侠气委奸雄”、第九回的开头诗“官长拘拿纠四邻,街坊公论受恩深。明知有碍皇王法,因念孤臣不忍呈”用作唱词后的歌赞总结。当然,宝卷并未将小说中的诗词全部

① 惜阴堂主人:二度梅全传 [M]. 上海:上海古籍出版社,1991:13-14。
② 杨遇春:佛说忠良仁义贤孝宝卷 [M]. 道光十三年抄本。

搬来，对那些与内容无关的诗词，此宝卷对其进行了删除，如小说十二回开头词、二十五回和三十二回开头诗等都与本回内容无涉，仅以文雅之词做以点缀，这些文字与宝卷的整体艺术风格不符，所以宝卷改编者未将其纳入说唱之中。

由上可以看出，《佛说忠良仁义贤孝宝卷》的编撰其实是对《二度梅全传》的高度因袭，作者对小说中可用之处尽量利用。宝卷中的散说、唱词是对小说原文的些许删改，歌赞多沿用小说诗词和回目，可以说它是对小说的“基本还原”。卷末记载此宝卷产生缘由，言：“太原府阳曲县杨遇春看过《二度梅》之书，内有真正良言，回到本土，寻访此书，道光拾叁年二月初一日抄完。”[①] 一个“抄”字，也可以看出编者忠实于原著的编写态度。此卷虽冠以“佛说”之名，但内容全无宗教之词，仅以宗教宝卷的形式进行编写，其表现出的完全是一部世俗文学样貌，只不过在开头、结尾处加入了劝世良言，以此来吸引听众，适应底层群体的心理需求，扩大其传播面，增强其影响力。

《韩湘宝卷》也是从小说《韩湘子全传》因袭而来的。小说主要讲述韩湘子修道及度化韩愈的故事。其主要情节包括仙鹤投胎、父母双亡、遇仙修道、点石成金、南坛祈雪、庆贺寿筵、献养元阳、仙女歌劝、抹山成景、谏献佛骨、雪拥蓝关、驱除鳄鱼、修仙得道等。宝卷基本沿袭了小说的这些故事单元，同时宝卷还沿用了章回小说的回目形式，它将小说的三十回压缩为十八回，有的与小说回目一一对应且相似，如第二回，小说为“脱轮回鹤童转世，谈星相钟吕埋名”，宝卷为“鹤童转凡啼不止，仙化星相慰灵童”，第三回，小说为“虎榜上韩愈题名，洞房中湘子合卺”，宝卷为“虎榜题名韩愈喜，同房合卺湘子矜”，第四、五回亦如此类。值得一提的是，宝卷回目的节奏律感更强，小说七言对仗回目的节奏是上三中二下二，而宝卷回目的节奏为上二中二下三，与七言诗歌诵读节奏一致，更具韵律感，演说起来朗朗上口，更为流畅。有的回目则直接节选小说的不同回目，融合为宝卷的一个回目，如宝卷第十七回“养牛儿文公悟道，麻姑庵婆媳修行”，便是糅合了小说二十七回“卓韦庵主仆重逢，养牛儿文公悟道”和二十八回“墨尿山樵夫指路，麻姑庵婆媳修行”的后半回目。其他回目，则是更多地糅合并改编小说多个回目，如宝卷第十三回“九度献佛骨退之直谏，十度贬潮阳蓝关雪拥”，便是对小说第十八回“唐宪宗敬迎佛骨，韩退之直谏受贬”与第十九

---

① 杨遇春：佛说忠良仁义贤孝宝卷 [M]. 道光十三年杨遇春抄本。

回“贬潮阳退之赴任，渡爱河湘子撑船”的糅合改编。从回目的比对上即可以看出《韩湘宝卷》是小说《韩湘子全传》的“浓缩版”。

就具体内容而言，宝卷多与小说一致。如小说第七回写韩湘子路遇猛虎：“那只老虎在湘子身边左盘右旋，闻了又闻，嗅了又嗅，却像不吃伏肉的模样，忽地里用只爪把湘子拨一个转身。那湘子方才魂复附体，如梦初醒一般，战兢兢爬起身来道：‘我师父常说有降龙伏虎的手段，我今日弃了家计，万里寻师，难道舍身在老虎口里。’”① 宝卷第六回则言：“那虎在湘子跟前左右盘旋，闻了又闻，嗅了又嗅，忽地把脚爪拨一个转身，那湘子方才魂复附体，如梦初醒一般，战战兢兢爬将起来道：‘师父有降龙伏虎的手段，我今日弃了家园，万里寻师，难道死在老虎口中不成。’”② 可以看出，两处叙述语言几近相同，只有个别字词的差异。这种与小说语言的对应性，在该宝卷中比比皆是，可见此段宝卷是因袭小说而成。

《韩湘宝卷》整体因袭了《韩湘子全传》，但为适应宣卷的特点，增加其节奏感，对于小说中的一些情节又有省略和删节。如小说第二回“脱轮回鹤童转世，谈星相钟吕埋名”中郑氏梦醒与韩会对话一情节：

> 郑氏梦中惊觉，不胜欢喜，便蹴醒韩会，与他说道：“妾身一更无寤，二更辗转反侧，三更时分方才合眼睡去，就做一梦。梦见太阳东出，宝镜高悬，一只仙鹤口衔一颗仙桃飞将下来，坠在怀里，又有青巾布袍背剑的道人嘱咐云云，你道这梦希奇也不希奇？”韩会喜道：“我夜来得的梦也与你一般的。今年四十二岁，未有子息，想是神天鉴察尔我隐衷，不该绝代，降生一个儿子接续家门香火也不见得。据梦中太阳东照，主生贵子，仙鹤衔着仙桃，一定是天庭降下好人临凡。这两口先生必然天上神仙，故此嘱咐得明白。我如今且和你满炷炉香，拜谢了天地，且看日后若何。”郑氏道：“相公说得有理。”连忙披衣起来，梳洗端正，同韩会两个燃宝炬，爇名香，朝天拜了八拜。到了天明，韩会将夜来梦兆一一对退之说了一遍。退之欢喜道：“若据这个梦兆，嫂嫂必定生一个好儿子，接续韩门香火，端的不枉了九代积善，三世好贤。”③

---

① 杨尔曾：韩湘子全传 [M]. 上海：上海古籍出版社，1990：61。
② 全图韩湘宝卷·卷上 [M]. 上海：上海宏大善书局，1875：21。
③ 杨尔曾：韩湘子全传 [M]. 上海：上海古籍出版社，1990：15。

而宝卷中对这一情节的描述则为：

> 却说郑氏一梦惊醒，告夫。韩会道："我亦作此梦相同。"退之闻知，喜不胜言，这个梦兆，定生贵子，接续韩门香火。不枉九代良善，三世贤名。①

郑氏所说的梦况前文已有表述，再次出现便有重复之感，而宝卷则以简略的语言概括出来，既符合口语化的表达，也紧凑了情节，以便推进故事发展。

宝卷对小说中的一些枝蔓情节亦多有删除。如小说第八回中牧童引韩湘子寻师期间的佛道争辩之事，韩湘子见一菩萨，心念："仙佛二教，虽有不同，其源则一。我若得果证金仙，菩萨当有灵验。"对此，牧童则道："五行三界内，惟道独称尊。这菩萨是释迦文佛，昔日我太上老君骑青牛出函关，度化他入中国来，才有此灵异。"②作者以牧童之口表达出其崇尚道教的态度。宝卷中则将这一片段去除，一方面它与主要情节关涉不大，删去它并不影响故事的发展；另一方面，宝卷本身具有多神信仰性，往往是儒释道三教合一，既推崇佛教之神（如燃灯佛、如来佛、观世音菩萨等），又崇尚道教之神（如玉皇大帝、王母娘娘等），也崇拜民间宗教之神（如无生老母、骊山老母等），甚至信奉世俗之神（如关公、刘猛将、黄氏女等）。在宝卷驳杂的宗教体系中并未对不同体系之神做出高下之分，仅用其特定的神性为己所用而已。所以，小说中的这种教派争辩对宝卷的言说并无大作用，便将之删去。

由上可知，《韩湘宝卷》无论是回目运用方面，还是故事框架、情节内容方面，都与《韩湘子全传》如出一辙，可以说是全面蹈袭小说而成。而小说情节枝蔓较多，宝卷受时间、空间等方面的限制，将小说复杂的情节、众多的人物进行了删繁就简的处理，保留了小说的主要脉络，线索清晰、节奏紧凑、高潮迭起、一气呵成，既便于宣卷人讲唱，又符合听众的审美习惯。当然，这里所谓小说中心的"枝蔓"情节，并不是采取否定态度的，这些情节的存在是合理而必要的。小说属于案头"生产—消费"的文化产品，作者的创作和读者的接受活动，主要是围绕纸质文本展开的，"说"与"看"的时空条件相对自由，所以允许这些"枝蔓"文字的存在，而宝卷要在相对固定的"宣卷""念卷"流程中讲完故事，"枝蔓"

---

① 全图韩湘宝卷·卷上 [M]. 上海：上海宏大善书局，1875：5。
② 杨尔曾：韩湘子全传 [M]. 上海：上海古籍出版社，1990：68。

出来的情节不仅会挤占时间成本，还可能妨害听众消化故事，所以才会被宝卷作者删削掉。

除了以上两种宝卷外，《白氏宝卷》《桃花女宝卷》亦是对小说《雷峰塔奇传》《桃花女阴阳斗》的整体性因袭。这类宝卷基本再现了小说整个故事的发展脉络，主要人物、主要情节都与小说保持了高度一致，只是根据宝卷的说唱需要进行了一定程度的缩编以符合此种文体的演绎特点。这类宝卷因对小说的忠实度较高，所以其改编难度并不是很大，真正的技术难度一般在于唱词对小说原文（尤其散文）的提炼，以及韵散节奏的把握上。

二、片段择取改编

宝卷的表演性质受时空条件的限制较大，这决定了作为宣唱底本它的篇幅不可太长，而上述能够被宝卷整体进行改编的小说多是故事容量较小的中篇小说。而对于那些社会影响力较大的长篇小说，宝卷难以整本拿来演绎，只能节选既易于改编，又具备较大吸引力，同时还符合听众审美口味的情节来编写。有的编写是择取原故事中较为完整的某一情节，在其基础上进行丰富、充实，整个情节脉络不变，只是略加改动。而有的编写则选择原故事中的某一细枝末节对其扩充、增饰，改后的情节已游离于原小说的主体框架之外，可以说是对原有故事的“节外生枝”。前者更侧重于“改”，而后者则侧重于“编”。

《唐僧宝卷》即是节选《西游记》中“陈光蕊赴任逢灾，江流僧复仇报本”这一段“插曲”改写而成，属于前者改编类型。虽然这个关于唐僧出身的故事在小说成书之前，就已广泛流传，以不同艺术形式传播。宋元南戏中就有《陈光蕊江流和尚》，但在明代百回本（如世德堂本、李评本）中未见此情节，清代《西游证道书》始将其纳入小说体系，之后逐渐稳定下来，成为一个固定的情节单元。随着小说的影响力迅速提升，许多说唱艺术又据此不断对其进行重述、再现。

《唐僧宝卷》基本沿用了原来的故事框架，故事发展脉络基本与《西游证道书》相同，即陈光蕊进京赶考中状元、与殷小姐成亲、回乡探母、买鱼放鱼、江中遇难、殷氏委身从贼、河中撇子、江流儿得救于金山寺、江流儿寻母、母子相认、江流儿寻亲、殷开山带兵剿匪、陈光蕊复活、全家团圆。宝卷只是在原有的情节处增加了更多的细节描写，充实了故事，也使其发展更为流畅合理。宝卷于情节中更注重铺排渲染。如陈光蕊与殷氏成亲一节，小说中写道：

不期游到丞相殷开山门首，有丞相所生一女，名唤温娇，又名满堂娇，未曾匹配与人，高结彩楼，抛打绣球。适值陈光蕊在楼下经过，小姐一见光蕊人材出众，况是新科状元，心内十分欢喜，就在绣楼上将绣球抛下，正打着光蕊的乌纱帽。只听得一派笙箫细乐，十数个婢妾走下楼来，把光蕊马头挽住，迎状元入了相府。即丞相和夫人出堂，唤宾人赞礼，小姐就与光蕊拜了天地，夫妻交拜毕，又拜了岳丈、岳母。丞相吩咐安排酒席，欢饮一宵。二人同携素手，共入兰房。①

宝卷中对这一情节改写为：

丞相见此新科状元，人才出众，相貌堂堂，眉清目秀。心中一想，要将第三小姐婚配姻缘，不知他意下如何。便叫家丁去请新科状元陈光蕊赴宴。于是，状元来到相府门首下马，丞相应入中堂。叙情奉茶已毕，设宴三杯酒罢。丞相开口便问："殿元公青春几何？"光蕊曰："晚生年方一十九岁。"丞相又问："府中令中夫人青春几何？"光蕊又答："晚生家寒，未曾婚配。"丞相又问："府中还有何人？"光蕊答曰："晚生幼孤家父，只有老母在堂。"丞相又曰："老夫有一小女，与殿元公同庚，意欲将小姐永为琴瑟，以执箕帚。不知殿元公意下如何？"光蕊答曰："老太师三朝元老，皇亲国丈。晚生乃是寒门白丁，虽蒙圣上恩荣，焉敢仰望高攀？"丞相又曰："殿元公无得太谦，既已殿元，乃是天子门生，不必推辞。""太师既如此说，不敢再辞，晚生请命。"丞相吩咐丫环。就请小姐梳洗，即日成亲便了。殷相府中三小姐，即忙梳洗做新人。梳妆打扮如花朵，尤如三月海棠春。青丝挽起蟠龙髻，两耳金环耀日增。面似荷花初开放，肩如嫩柳一般能。巍巍真是千金女，锦衣绣服色鲜明。凤冠霞佩金镶带，三寸弓鞋不动裙。西川十锦蟠龙凤，湘江水浪百花裙。行来香风一阵阵。安排香案要招亲。就请状元归房内，当今万岁做媒人。鼓乐笙歌喧天闹，挂灯结彩密层层。殷相府中三小姐，年登十九正青春，选了良时并吉日，洞房花烛结成亲。正宫皇后亲姊妹，万岁与我两连襟。忙排花烛成亲事，一对鸳鸯天配成。状元心内多欢喜，犹如和合活仙人。

① 西游记证道书 [M]. 长沙：岳麓书社，2008：64。

销金帐里恩情好，朝欢暮乐夜洞房。①

二者相比，小说中所写略显简单直白，缺少场景代入感。而宝卷所言则更具有画面感，尤其加上丞相与陈光蕊的对话，更显得饱满、切实。这段对话的风格也颇值得玩味，很有“舞台感”，像是对戏曲对白的模仿。这是可以理解的。前文已述，对于小说中原有的具有较强场景性的对白，宝卷倾向于用“三三四”等程式进行韵语化处理。这是一个由“繁”到“简”的加工过程，是比较容易操作的，但如果小说原文无对话，宝卷作者又希望构造对话以营造场景感，就很难操作，尤其实现由“简”到“繁”的高品位加工过程，对于艺术再造能力有限的宝卷作者来说，这个任务是比较艰巨的，可行的方法就是从姊妹艺术戏曲中汲取经验。

宝卷将陈光蕊与殷氏小姐的结合由抛绣球改变为经丞相说媒撮合，这一改动更符合世俗情境，既写出丞相对女儿的关心疼爱，又对应殷氏千金小姐的身份——婚姻大事，不至于以抛绣球这种随意的形式来完成。同时，宝卷此处又写出了殷氏的靓丽、场面的热闹，以及陈光蕊内心的欣喜甜美之情。整个画面生动形象，具体可感。再如陈光蕊买鱼、殷氏弃子、江流儿寻母、殷开山剿匪等情节都增加了众多的细节描写，充实了故事内容，增强了演说的感染力。

宝卷对小说中的主要人物形象也做了一定的调整。就陈光蕊而言，编者给他增加了一个身份——“万岁与我两连襟”，他不仅一举成了状元，更成了皇亲国戚。同时，宝卷又着重铺排了陈光蕊赐官回乡探母一情节，“特授江南洪江府，监察为官治万民。国老丞相殷小姐，全副妆奁送上门。正宫皇后来递酒，同胞姊妹两难分。文武百官齐来送，使女跟随闹吟吟。御手相挽来送出，太师岳丈出朝门。御令兵将来相送，前呼后拥闹吟吟。前旗后伞威风凛，官船轿马随后行。逢山过岭开平路，江南遇水搭扶桥。穿城过府官员送，到乡过镇地方迎。三日前头起马到，打扫街道簇簇新。一路来到本州府，本州府县出来迎。”② 这种增加身份的贵重感，以及衣锦还乡的拥簇场面，更符合底层民众对发迹的心理向往。

此外，宝卷对陈光蕊的个人性格也有所改造，增加了一定的心理描写，表现出人性的多样化。

---

① 霍建瑜：美国哈佛大学哈佛燕京图书馆藏宝卷汇刊・六・唐僧宝卷 [M]. 桂林：广西师范大学出版社，2013：327-328。

② 霍建瑜：美国哈佛大学哈佛燕京图书馆藏宝卷汇刊・六・唐僧宝卷 [M]. 桂林：广西师范大学出版社，2013：329。

首先，突出其对科举荣身的热切渴望。在封建社会中，底层学子最大的愿望就是通过科举来改变命运，以实现个体和家族对更多的政治、经济、文化资源的占有，陈光蕊亦是如此。不过小说中对其进京赶考这一行为的处理是轻描淡写的，即陈光蕊看到朝廷的招贤文榜后，将应试的想法告诉母亲，母亲同意后，便欣然前往。整个过程顺理成章，并未有阻力出现。而在宝卷中，当陈光蕊的母亲得知他要去应试时，说道："我儿要去上都乡。你父早年身亡死，单生一子亦相当。我身寡居又年老，你今出外挂心肠。朝晨夜晚无人伴，抬头举目靠何人？"[①]母亲对陈光蕊的外出应考表示反对，主要是对自己年老体迈而身无亲人照顾的担忧。对此，陈光蕊辩解道："娘养孩儿一个人，又无姊妹并房族。因该陪伴我娘亲，则是孩儿为不孝。一心要去取功名。"[②]这"一心要去取功名"表现出陈光蕊去意的坚决，且对功名的迫切渴望，即使背负不孝之名，亦要实现心中的抱负。当然，这段情节在中国古代通俗叙事文艺中并不鲜见，最著名的大概就是《琵琶记》中蔡伯喈的父亲以孝亲为由反对儿子进京赴试，用"孝"作为功名追求的阻力，这是当时社会中最合理、最易为人所接受的，在创造戏剧冲突方面也是最有效的。而在陈光蕊高中状元后，宝卷还突出渲染了其耽于享乐的一面，这也是小说未提及的。如陈光蕊迎娶殷三小姐后，宝卷写道："状元心内多欢喜，犹如和合活仙人。销金帐里恩情好，朝欢暮乐夜洞房。……且说状元在京，朝朝筵席，夜夜笙歌。忽然想起家中母亲，就对夫人说：'我与你夫妻恩爱，时常欢喜，却忘了我的年高老母了。'"[③]他自己都反思因纵于享乐而忘记了家中的老母。同时，宝卷还增加了其母亲的抱怨："你去为娘在家门，将娘只当路边人。朝思暮想得了病，哄娘望得眼睛昏。请医脉药全无用，问卜求神也不灵。日日思量亲儿面，书童也不到家门。"[④]从侧面写出陈光蕊离家时间之久，没践行走前所说"速去速回"的约定。古代下层士子都希望自己有鲤鱼跃龙门的那天，而一旦愿望实现后，突如其来的变化往往会冲昏自己的头脑，很多思想和行为也都会有所改变。这也是一种普遍的社会

① 霍建瑜：美国哈佛大学哈佛燕京图书馆藏宝卷汇刊·六·唐僧宝卷 [M]. 桂林：广西师范大学出版社，2013：325。
② 霍建瑜：美国哈佛大学哈佛燕京图书馆藏宝卷汇刊·六·唐僧宝卷 [M]. 桂林：广西师范大学出版社，2013：325。
③ 霍建瑜：美国哈佛大学哈佛燕京图书馆藏宝卷汇刊·六·唐僧宝卷 [M]. 桂林：广西师范大学出版社，2013：328。
④ 霍建瑜：美国哈佛大学哈佛燕京图书馆藏宝卷汇刊·六·唐僧宝卷 [M]. 桂林：广西师范大学出版社，2013：328。

现象，在陈光蕊身上同样如此。从这一方面看，宝卷对陈光蕊应试的处理要比小说更为真实、饱满，也更符合民众的接受心理。

其次，强调其性孝于亲的忠厚一面。对于陈光蕊的介绍，小说只是简单地写道："海州弘农县聚贤庄有一人，姓陈名萼，表字光蕊。"[①] 而宝卷在卷首则言："且说贤良孝义门，洪农县里陈光汝，世代忠良有孝人。"从一开始便强调了他忠孝贤良的品性。对陈光蕊的任职，小说交代是因为魏征查看各州郡职务后发现江州缺官，才启奏太宗，命其前往复职。宝卷中，太宗本意要留陈光蕊于京都任职，但他思念家中母亲，主动上奏："老母在家无人侍奉，意欲归家奉养。"[②] 太宗鉴于他一片孝心才让其返乡，于洪州府任职。这种主动放弃京城的美好生活和大好前程，一心要回家侍奉母亲的举动，确实体现出陈光蕊的贤孝品德。在其赴任路上给母亲买鱼治病一情节中，相对于小说而言，宝卷中的陈光蕊对母亲的照顾表现得更为细致、耐心和贴切。小说中简单叙写母亲生病，陈光蕊在店外偶遇有卖金色鲤鱼者，用一贯钱买了后欲带回店，但见此鱼不断眨眼，觉有奇异处，遂将其放生。而宝卷则言是母亲生病想要吃鲜鱼，陈光蕊便差遣家丁到街坊去买，寻鱼未果后，其不甘心母亲吃不到鱼，便亲自去集市购买，果然遇到一卖金色鲤鱼者，心中大喜，但问过价钱后，觉得此鱼一千钱一斤实在是太贵，在经过一番商讨后，得知此鱼捕之不易，又想："况且母亲有病，要吃鲜鱼，就是再贵也要买。"[③] 遂付十千钱将鱼买回，并要亲自下厨烹调，以精心照顾母亲。但当他要拿刀动手时，看见鲤鱼眼泪双流，母亲遂将其制止，然后把鱼放生于大江。整个过程表现出陈光蕊殷勤侍奉于母亲身边，且一心要满足母亲的需求，想顺其心、合其意。同时，当母亲病情未好转，而陈光蕊一行又要赶行程过江赴任。小说中是写母亲提出要在客店暂住几日，等待陈光蕊到任安定后再来接自己。而宝卷将这一决定放在了陈光蕊身上。"状元心中一想，我母亲病未痊愈。今日若过洪江，倘遇波浪惊骇，反为不美。不如权且寄在海门县招商饭店。便叫我娘，若怕过此洪江，孩儿也勿放心。我将母亲且寄在此饭店中，留了一个使女在身陪伴。母亲且住一两个月，

---

① 西游记证道书 [M]. 长沙：岳麓书社，2008：64。
② 霍建瑜：美国哈佛大学哈佛燕京图书馆藏宝卷汇刊·六·唐僧宝卷 [M]. 桂林：广西师范大学出版社，2013：329。
③ 霍建瑜：美国哈佛大学哈佛燕京图书馆藏宝卷汇刊·六·唐僧宝卷 [M]. 桂林：广西师范大学出版社，2013：330。

我去上任，就叫头号大船亲身迎接。”① 面对母亲的病情，由陈光蕊主动提出安顿办法，在一定程度上显示出他对母亲关心、细致、体贴的一面。通过这些细节描写，一个尽心照料、呵护母亲的孝子形象全然展现出来。

再次，表现其无力护妻的软弱一面。以上陈光蕊忠孝贤良的一面都是在生活顺境中呈现出来的，但当遇到劫难时，其性格软弱的一面则凸显出来。小说中对于陈光蕊江中遇难情节只是一笔带过：“（刘洪）与李彪设计，将船撑至没人烟处，候至夜静三更，先将家童杀死，次将光蕊打死，把尸首都推在水里去了。”② 未写出陈光蕊死前的心理和行为表现，更多的像是无意识地遇害身亡。而宝卷则写了陈光蕊与刘洪的直接面对面，经历了一场生死离别。面对盗贼的抢杀，“状元吓得魂飞散”，又说：“你我夫妻同林鸟，不如齐跳水中心。”③ 可看出陈光蕊的胆怯及置妻于不顾的态度。虽然任何人在强大的盗贼面前都难逃一死，但身为状元的陈光蕊至少应表现出至死不屈，为保护妻儿殊死搏斗的精神，但他自己先投江自尽，得以解脱，“那时状元投江而死，又被喽啰一棍打下水底。”④ 留下妻儿于强盗手中。这也看出陈光蕊在困难面前性格懦弱、缺乏责任感的一面。尤其是殷三小姐面对强敌视死如归、不屈不挠的坚毅精神，以及为延续陈家血脉而委曲求全又忠贞不渝的态度，与陈光蕊的软弱形成了鲜明的对比。在渴望追求功名、尽孝于母亲的忠良性格下，隐藏着一个懦弱、缺少担当的陈光蕊。相对于小说的简练、平淡而言，宝卷这一形象显得更为丰富、有温度，也更符合市井民众对于文弱士人的刻板印象。刻板印象是关于特定群体的特征、属性和行为的一组概念，或者说是对于一个社会群体及其成员相联系的特征或属性的认知表征。⑤ 可以说，宝卷正是利用现实生活中普通民众对于知识分子的刻板印象来充实丰满陈光蕊这一形象的。这当然算不上什么高明的艺术创造，但从照顾受众审美心理的合理敷演故事的角度看，还是可取的。

对于殷氏，宝卷通过树立烈妇形象、设定先验性身份来消解其道德困境。在

---

① 霍建瑜：美国哈佛大学哈佛燕京图书馆藏宝卷汇刊・六・唐僧宝卷 [M]. 桂林：广西师范大学出版社，2013：332。
② 西游记证道书 [M]. 长沙：岳麓书社，2008：65。
③ 霍建瑜：美国哈佛大学哈佛燕京图书馆藏宝卷汇刊・六・唐僧宝卷 [M]. 桂林：广西师范大学出版社，2013：333-334。
④ 霍建瑜：美国哈佛大学哈佛燕京图书馆藏宝卷汇刊・六・唐僧宝卷 [M]. 桂林：广西师范大学出版社，2013：333-334。
⑤ 连淑芳：内隐社会认知：刻板印象的理论和实验研究 [D]. 上海：华东师范大学，2003：5。

刘洪欲强娶殷氏一情节中，小说写道：“小姐见他打死了丈夫，也便将身赴水。刘洪一把抱住道：‘你若从我，万事皆休。若不从时，一刀两断！’那小姐没奈何，只得权时应承，顺了刘洪。”① 此处的殷小姐虽也要投江殉情，但被刘洪恐吓之后，没有再反抗，便顺应了贼人，尽管后文交代了其为保留陈家血脉而只能委曲求全的苦衷，但就人物形象的表现上看，还是略显软弱、被动。针对这一变故，在诸多戏曲、说唱文本中都有所呈现，它们对殷氏这种道德困境——从夫而死以保节，还是顺贼失贞以保身——都做了不同的艺术处理，大致概括起来，就是“戏曲以‘渲染事件’为主，说唱以‘增饰事件’为主”。“所谓‘渲染事件’，指突出、强化、夸张事件成分，尤其人物行动、状态，以强调‘道德困境’之严峻、可怕，角色取舍之艰难、痛苦，及其事后之愧疚、惶恐、悔恨等情态，这些‘再现’出的艺术效果，虽然不可能改变叙述事实，却可有效唤起受众的理解与同情，从而在一定程度上消解角色的‘道德困境’。”“所谓‘增饰事件’，就是在核心事件外，增补并渲染新的事件，它涉及新的角色，以及新的人物关系与行为轨迹。”② 当然这两种处理方式并不是截然对立的，有时在一种艺术门类中同时采用这两种处理方式。《唐僧宝卷》在殷氏面对刘洪强娶一情节中便采用了渲染手法表现其性格刚烈的一面及坚贞不屈的精神，以此来消解她的道德困境。宝卷中写道：

> 刘洪强盗就说道：“你只小姐，愿与我成亲，不伤你的性命。你若不从，就把钢刀相会。”小姐骂道：“你要杀就杀，不必多言。与你强盗成亲，万万不能！”刘洪狗贼，看美色女子，那里肯杀得出去。一朝落在强盗手，那怕飞去九云霄。“我是三朝元老女，你是落草一强人。我是多年陈香木，你是河边臭柳根。你是江边强盗贼，怎与凤凰一同群。奴奴不愿贪性命，岂从强盗与贼亲。”刘洪忍骂陪笑面，强与小姐要招亲。小姐欲要寻死路，强徒看守不容情。“把我丈夫身杀死，冤家不共对头人。要想成亲万不能，勿上刀来定上绳。我夫状元身及第，洪江太守治万民。爹爹三朝并宰相，又是皇亲国丈人。国丈是我亲姊夫，皇后同胞一树生。宁可亲身寻死路，不做贪生怕死人。你要逼我成亲事，今日就死不能成。”且说刘洪强盗见此夫人，正是青春年少，绝色佳人。那肯放她投江而死，

---

① 西游记证道书 [M]. 长沙：岳麓书社，2008：65。
② 赵毓龙、胡胜：论古代通俗文艺伦理叙事中角色的“道德困境”：以“江流儿”故事中的殷氏为例 [J]. 福建论坛，2018（5）：106、109、112。

见她哭死捶活。刘洪一把抱住，再三说劝："小娘子，不要悲伤苦切，与我成了夫妻，自有百年恩爱，何必拼死舍命，投江而死。你自己错过光阴了。"刘洪吩咐喽啰快快看守。[①]

此处写殷氏小姐以严厉而坚定的口吻、犀利的言辞反复咒骂刘洪，并多次尝试自尽，最后刘洪只得派人看守，以防止她自寻短见。通过殷氏一系列激烈的语言和决绝的行为，不仅一个贞节烈妇形象被活画出来，而且这种情绪的渲染也会博得受众的关切、同情和理解，一定程度上减轻了对其的道德指责。另外，对于殷氏的命运归宿，小说以"毕竟从容自尽"为结局，明显体现出一种封建文人的伦理道德观，既已失节，无论如何都难以再立存于世，只能以死明志。而在宝卷中，虽然殷氏在被救后亦有寻死的举动，但被众人阻止解救后，以"救儿与父申冤枉，挂念双亲真孝人。大恩大德全亏你，恩爱如海一样能"[②]得到了大家的原谅。最后又增补了一个神道转世的尾巴，"殷三小姐千金后，原是天仙织女星。状元就是罗汉做，尽是超凡入圣神"[③]。这种先验性身份设置，注定其最终不能死去，而是修行得道升天"夫妻如同亲弟妹，一口长素勿吃荤。太夫人长念弥陀佛，殷三小姐念经文。状元日夜拜经忏，各人修炼赶成工"[④]。这种宿命论的团圆结局，一方面表现了民众同情、保护受害者的美好心理，符合普通大众的审美趣味，且最大限度上消解了殷氏的道德困境，另一方面夫妻双双修道升仙的结尾，亦符合宝卷的神道思维和叙事模式。

至于故事中的主要反面人物刘洪，宝卷将其身份由小说中的船夫变成了江洋大盗，这一改变或许更符合正反两个角色，或正义力量与邪恶势力在对抗分量上的平衡性。在整个叙事形态中，反面势力的强大是造成故事冲突的重要因素。反面角色往往承担着相应的叙事功能，对故事的发展具有较大的推动作用，这类角色的破坏力越强，正义的反抗性才越能被激发，复仇的欲望越强烈，同时也更能牵动受众伸张正义的情绪，期待彻底铲除邪恶势力的理想结果。

① 霍建瑜：美国哈佛大学哈佛燕京图书馆藏宝卷汇刊·六·唐僧宝卷 [M]. 桂林：广西师范大学出版社，2013：334–335。
② 霍建瑜：美国哈佛大学哈佛燕京图书馆藏宝卷汇刊·六·唐僧宝卷 [M]. 桂林：广西师范大学出版社，2013：366。
③ 霍建瑜：美国哈佛大学哈佛燕京图书馆藏宝卷汇刊·六·唐僧宝卷 [M]. 桂林：广西师范大学出版社，2013：368。
④ 霍建瑜：美国哈佛大学哈佛燕京图书馆藏宝卷汇刊·六·唐僧宝卷 [M]. 桂林：广西师范大学出版社，2013：368。

小说里的刘洪仅是一名船夫，算是一个底层人物，在遇到陈光蕊夫妇之前，也是一个靠渡船来维持生计的普通人，只是在载渡二人时因贪恋殷氏美色而一时萌生歹意，以致杀人，刘洪害人的动机显得单一，针对性较强。宝卷将刘洪设计成江洋大盗，相对于普通的船夫，该角色本身的邪恶程度大大增加。在小说中，故事的冲突是由刘洪因色而临时起意引发的。而宝卷中，刘洪的“职业”身份转化为强盗，这一角色的危害性具有长效性和普遍性，任何人任何时候途经此地都有可能被害。这使得整个事件冲突的起因并非在于殷氏的貌美，而是源于强盗无差别的行凶犯罪，只是刘洪上船后看到殷氏的美颜才想要霸占她，又因搜索财物时发现官印才产生冒充状元去任职的想法。其实这种结构安排下的矛盾冲突，要比小说中的设置显得更有层次性。另外，杀人、霸人妻、冒充状元去官府任职这一系列行为，相对于普通船夫而言，无恶不作的江洋大盗更符合这一角色担当。而且江洋大盗的身份已经站在官府的对立面，也为之后朝廷派重兵去围剿刘洪做了合理的铺垫。所以说，由普通船夫担任这一反面角色确实略显单薄、分量不足，难以承担这种恶劣罪行。而这一角色由具备强大势力的江洋大盗来扮演，在对抗力量和制造冲突、渲染肆意妄为的恶行方面显得更为合情合理。另外，殷氏面对这种危险性极大的强盗，自然会表现出一种反抗的无力感，难以逃脱这种厄运，在一定程度上这也消解了她身上的道德困境。

宝卷中对这一主要矛盾改编道：

来到江边船摆列，吩咐开船赶路程。五只一帮随风去，风篷便动似穿云，约有三更平半夜，看看正是大江心。四边船儿蝴蜂阵，锣鼓喧天张招君。明知乃是强徒贼，船中衙役五十名。护卫军兵五十个，名把长枪手中存。船上点起篾缆火，火光耀得满江红。大胆强盗来回往，共有强盗四百人。青红蓝绿来搽粉，钺斧长枪白如银。白布罗头黑布甲，杀气腾腾吓杀人。也有一刀分两段，也有头开血淋淋。状元吓得魂飞散，夫人吓得死还魂。欲要上天天无路，欲要入地地无门。数百余人多杀尽，单留夫妻两个人。……却说这个强盗，头目姓刘名洪。身长一丈二尺，腰大十围。头如笆斗，眼似铜铃。白面短须，手拏钺斧。跨上船头，大叫一声。犹如铜钟一般说：“快快献宝，免得伤身。”那时状元投江而死，又被喽啰一棍打下水底。刘洪大王钻到船舱内，看见美色女子，好不快乐逍遥。你看女子，世间少有，天下无双。那刘洪强盗就说道："你只小姐愿与我成亲不伤你的性命。你若不从，就把钢刀相会。"小姐骂道："你要杀就杀，不必多言，与你强盗成亲，万万不能。"刘洪狗贼，看美色女子，那里肯杀得出去。……刘洪吩咐喽啰快快看守，又吩咐兄弟李彪，船上搜寻。只看见衣箱行囊，铺程米粮，银钱器物等件。一齐查点收管。另有一只小箱，封锁得好，就打开一看。内有钗环首饰、玉器宝物。又有一个官凭玉印部照。刘洪细细一看，就是洪州府太守部照一张，心中大喜，又心上思量：既有此照，必有印信。自古道，官不离印。只要搜寻，那知房舱之内，又有一只小官箱，封锁得紧。打开一看，内有一只小金匣。一把寸金锁，锁在上面，将锁拱开一看，内有一颗金镶玉印，心中快乐。那刘洪水贼，心满意足。得了一个少年女子。又得了官凭玉印，此乃天赐奇缘，谢天谢地。便叫兄弟李彪："你在此为盗，我到洪州府去为官。赚了银钱，与你平分。"①

相对于小说此处的描写，既充实了情节的发展，又扩大了矛盾冲突、渲染了紧张氛围，给听众提供了一幅清晰可感的画面，同时，对反面角色刘洪的形象刻画也具体生动。强大的反面角色往往会让受众感到恐惧或憎恨，也因此对其产生一种强烈的抵抗情绪，从而不自觉地被带入情节之中，期待主角成长之后将其彻底打败，以宣泄心中的怒气。所以，宝卷就刘洪这一角色以及劫杀陈光蕊这一情节的改编，是相对较为成功的。我们可以想见，在宣卷的过程中，普通民众通过接受这一耳熟能详而又更加细腻委曲的故事以宣泄情感并实现伦理批判。他们消费着知识分子的刻板形象，对处于道德困境中的女性角色给予理解和同情，对恶势力则表达强烈的谴责，期望正义力量将其彻底消灭，从通俗故事被接受的角度看，宝卷的效果是好于小说的。

如《张氏三娘卖花宝卷》之于《百家公案》，《李宸妃冷宫受苦宝卷》之于《三侠五义》，《佛说苏知县白罗衫再合宝卷》之于《警世通言·苏知县罗衫再合》，等等，都是此类改编形式，即截取小说某一情节，大致与故事脉络相同，对其中的人物和情节略加改动，但基本上是隶属于小说故事构架，有较强的对应性。

① 霍建瑜：美国哈佛大学哈佛燕京图书馆藏宝卷汇刊·六·唐僧宝卷 [M]. 桂林：广西师范大学出版社，2013：333-335。

《翠莲宝卷》属于此改编类型的后者，更侧重于对小说的“编”。它选取了小说中刘全进瓜的一个细节片段，对其填充编写。小说中对于刘全因何要入冥进瓜交代得较为简单。

> 榜张数日，有一赴命进瓜果的贤者，本是均州人，姓刘名全，家有万贯之资。只因妻李翠莲在门首拔金钗斋僧，刘全骂了她几句，说她不遵妇道，擅出闺门。李氏忍气不过，自缢而死。撇下一双儿女年幼，昼夜悲啼。刘全又不忍见，无奈，遂舍了性命，弃了家缘，撇了儿女，情愿以死进瓜，将皇榜揭了，来见唐王。①

更多叙述了刘全进瓜成功后与借尸还魂的妻子翠莲相认的过程，整个叙事形态以刘全为中心展开的。而宝卷则以李翠莲为人物主线贯穿始终，同时将演说重点放在了刘全进瓜前与其妻翠莲的误会冲突上，其篇幅占到了整个宝卷的近三分之二。随着叙事重点的转移，宝卷作者自然要编入更多新的角色和情节，以满足故事的拉伸与推进。

首先，引进人物。宝卷将小说中提到的“斋僧”演化为唐僧。这一人物的对应，不仅解决了受众对这一角色认知的模糊性，使其具化可感，而且将西游故事带入其中，增强了宝卷与小说的关联性，毕竟刘全进瓜是与取经故事较为疏离的枝蔓情节，受众的关注度和认知度或许不是很高，西游故事的植入则大大提高了它的识别度，亦有利于它自身的推广和传播。所以宝卷最后仍然在强调：“此卷不是我自造，唐朝传流到如今。句句多是正情话，唐僧取经天下闻。②”依托史实和小说强大的影响力，来自证其说。不过，在唐僧人物的塑造上，宝卷并未忠实于原著，而是进一步矮化，甚至丑化，塑造出一个唐僧的恶劣形象。宝卷中多次借翠莲的口吻述说了唐僧化钗过程：“金钗若不施唐僧，他要撞死大墙门。若然唐皇来晓得，合家大小罪不轻。我想金钗值几何，无故受害断不能。害死唐僧非通小，六亲九属尽除根。我将金钗付与僧，万事全休免祸根。可恨唐僧要我命，金钗原卖我夫君。③”唐僧在向翠莲化钗不能后，以撞墙自杀而要挟，后又不讲诚信故意将钗卖于刘全，以达到“他妻就好送残生”的目的。这一无赖、奸诈、恶狠的形象与小说中慈悲、仁善的唐僧大相径庭，这种人物形象的设定已经脱离小说原有

① 吴承恩：西游记 [M]. 北京：人民文学出版社，2008：133。
② 翠莲宝卷 [M]. 1940 年顾荣大抄本。
③ 翠莲宝卷 [M]. 1940 年顾荣大抄本。

的精神内核。编者将这种人物引进来以推动情节的发展并未顾及其原本的价值内涵，仅是想要借其知名度来提高自身的艺术品格。这种简单粗暴的改编方式体现出了民间思维稚拙的一面。另外，唐僧师徒的引入其实改变了小说中刘全进瓜故事的叙事顺序，原著相关情节的先后顺序是“魏征梦斩泾河龙”“唐王游地府”“刘全进瓜，李翠莲还魂”“唐僧西天取经”。而宝卷则将“唐僧取经”放置于“刘全进瓜、李翠莲还魂”情节之前，在神书、鼓词等其他说唱文本中也是如此置换了这一叙事顺序。这说明说唱系统中“进瓜”这一情节相对疏离于西游故事。“‘斩龙’‘游冥’‘进瓜’聚合成为一段连贯的情节，作为衔接‘大闹天宫’与‘西天取经’两大‘车厢’的‘车钩’。然而，在目前所见的说唱文本中，接在‘游冥’之后的都是召选取经僧人、观音点化、唐王饯行等情节，‘进瓜’被析离出来，或放在‘饯行’后，作为唐僧西行第一站。这使故事获得了更大的发育空间，讲述者需要花更多的心思来完善情节，丰富细节。”① 所以，宝卷在重述相对独立的“进瓜”故事单元时，不免要加入一些新的角色和情节，来完成新编故事的演绎。

其次，新增角色。想要令故事变得丰满，必然要增加一些人物才能引出新的情节线。像宝卷中具化了刘全夫妇的儿女寿宝、春香，增添了刘全的妹妹、翠莲的兄弟李龙和李虎等人物。其中增加了重要的反面人物——“惯做伤生害命之事，搬嘴弄舌。东借西移，有借与他满面添花，若不借与他，面上生毛”的王婆。虽然，唐僧化钗欲要拆散刘全夫妇，但在实际过程中，王婆则承担着真正促使悲剧发生的角色功能。王婆仅因向翠莲借钱未果，怀恨在心，向刘全三番五次地进谗言，诬陷翠莲与唐僧私通，“唐僧果然生得好，翠莲一见喜欢心。她的丈夫淮安去，勾胫搭背进房门。朝朝夜夜寻欢乐，两人对面饮杯巡。恩爱情深难分别，赠他金钗两留情。小儿外边唱只好，唱只果然有恩情。莫说员外心中恨，就是老身也气闷”，并唆使刘全“不如将她打死了，另娶一个女佳人”②。当然，宝卷在这里插入的王婆形象也并不是艺术原创，正如赵毓龙指出：“这种长舌妇形象，在古典叙事文艺尤其是说唱文艺中是比较常见的，在当时现实市井生活中，当不乏这类好搬弄是非的妇女存在，在日常家族、社群摩擦中扮演丑角，发挥消极作用，民间艺人将其搬入艺术世界，提炼、夸张，使其成为在情节发展、转折过程中承担相对

① 赵毓龙：西游故事跨文本研究 [M]. 北京：中国社会科学出版社，2016：360。
② 翠莲宝卷 [M]. 1940 年顾荣大抄本。

固定功能的‘呆板形象’，取得较好的戏剧效果。”[①] 所以这一反面人物的设置不仅增加了故事的张力和曲折性，而且充分填补了小说中刘全骂了翠莲几句，她便自缢而死的内在理据。当然，王婆这一角色的增设，除了承担推动故事情节的作用，更重要的是承担着教化功能。

> 在堂大众细听清，可见黄婆舍收成。千万不可搬是非，不可嚼舌乱说人。但看黄婆娼根样，阴间地狱受苦辛。搬是弄非无好处，喉咙气绝不做声。阳间由你说瞎话，阴问罪名不非轻。你推我扯如狼虎，麻绳铁索锁上胫。将他拿到阎王殿，双膝跪在地埃尘。阎王一见高声骂，拍案大骂老娼根。你在阳间做恶事，搬是弄非害人精。就叫夜叉来动手，绑在柱上扎舌根。押入酆都地狱去，千年万载不超升。[②]

通过对王婆最终下地狱，并受到严厉惩罚的描写，来劝诫世人不要挑拨离间、搬弄是非、恶语伤人，否则将会像王婆一样“押入酆都地狱去，千年万载不超升”。可以说：“黄婆这一角色的加入，并非仅为增加篇幅，丰富情节，作为宝卷中唯一的‘恶人’，她承载着宝卷教化大众善恶有报、积善除恶的创作目的。”[③] 所以，反面角色王婆的增入，其实是宝卷为突出其劝世教化功能的内在需求。

再次，填充情节。将单一的细节改编为独立的故事，自然要增加多个情节使其更为充实饱满。如宝卷中增加了李龙、李虎打骂刘全，玉帝差火德星君火烧其斋，刘全投奔其妹后流浪乞讨等情节。其中宝卷反复皴染了刘全与翠莲之间的矛盾冲突，充满了误会、解释、打骂、哀求，除了其中的神异色彩，这种夫妻间的争执在民间可以说很是常见的，这些细节的铺排能够很好地吸引听众，引起他们的共鸣，增强其接受度。尤其翠莲临死前对一对儿女的不舍与担忧：

> 望见男女多困着，苦命娘亲别你身。便拿被头盖儿女，亲生男女叫几声。今日为娘替你盖，明日不能盖儿身。你娘死在王婆手，母子分离好伤心。有娘生养无娘领，有头无尾半路程。……娘死后你两人如何看待，你父亲必定要再娶晚娘。倘娶到贤良女总还可以，娶着个坏良心勿顾儿女。被他打与他骂越加伤心，无好吃无好着受苦天……。把望儿女多聪巧，前妻晚娘两条心。见了晚娘多欢笑，口内连声叫母亲。百般叨

---

① 赵毓龙：西游故事跨文本研究 [M]．北京：中国社会科学出版社，2016：361。
② 翠莲宝卷 [M]．1940 年顾荣大抄本。
③ 张灵：“西游”宝卷的取材特点及原因探析 [J]．学术界，2014（4）：134。

好多奉承，是然不打儿女身。身上冷来穿衣服，肚里饥饿把饭吞。倘若打骂休开口，勿比自己嫡母亲。年轻儿女不知事，休到河边弄水浆。吩咐一番伤心话，更比黄连苦三分。[①]

这种母亲临死前对孩子无限关切的凄苦心理很具有感染力，会引起人们的广泛同情，增强了现实感，这种情节的细化、反复述说，很易于将听众带入故事情境之中。所以古代小说、戏曲、说唱中反复构造类似的场景，而大量雷同情节和场景，也说明其在民间强化的传播力和屡试不爽的艺术效果。

编者通过引进知名人物、增加新角色、填充细节描写等形式将小说中的某一枝蔓情节演化成一个独立完整的故事，虽然借用了小说原有的结构框架，但其精神内核已游离故事主体之外，可以说是一种借题发挥式的改编。这也证明："百回本对其他艺术形式的影响是有限的，其所结构的情节链条，未必为其他文本所接受，每种文本系统对故事的阐释，有其固有的传统倾向，在百回本中以'绦虫'形态存在的情节，在其他文本中，可能是丰满肥硕、枝蔓旁生的大故事。"[②]

另外，编者之所以选择这一情节，其实与宝卷这种艺术形式的内在特性有关。"女性修行""游地狱"与"死而复生"是宝卷演说的惯常性情节要素，而小说中的刘全进瓜这一故事单元基本符合宝卷的演说要求——刘全入冥、翠莲起死回生，所以编者将翠莲设定为一修行女性，增入观音要将"经堂里面诵经文"的她度化去龙华会的情节，翠莲被折磨致死自然成为她修行的一个过程，再将小说中刘全的入冥改编为游地狱情节，最后翠莲起死回生，夫妇修行升天，一个完整的宝卷故事便形成了。所以小说中这一情节是宝卷完美的说唱素材。

当然，此宝卷中虽有一定的神道色彩，但更多的是以劝善为主，无论是陷害翠莲的王婆，还是逼死翠莲的刘全都遭到了报应——王婆被打入地狱不得超生；刘全受到了万贯家财被烧尽、亲人（其妹妹）不相认的惩罚。宝卷最后还特别强调："翠莲宝卷宣完成，再宣几句劝世文。奉劝在堂诸大众，第一回家敬双亲。兄弟仝心山成玉，父子协力土变金。善人听宣翠莲卷，好比翠莲有收成。恶人听宣翠莲卷，赛个黄婆一般能。"[③] 其宣扬的主要思想就是劝世人积德行善，以求好报。所以有研究者认为："将百回本《西游记》中居于次要文本的'李翠莲还阳''刘

① 翠莲宝卷 [M]. 1940 年顾荣大抄本。
② 赵毓龙：西游故事跨文本研究 [M]. 北京：中国社会科学出版社，2016：364。
③ 翠莲宝卷 [M]. 1940 年顾荣大抄本。

全进瓜'故事改编得近似于民间善书，相比之下，故事本身蕴含的神异成分退化成了为劝诫世人而存在的陪衬。”①

虽然此宝卷加入了很多小说未有的人物和情节，但似乎也不是它的原创。查看相关神书（朱恒夫、黄文虎《江淮神书》中的《刘全进瓜》，姜燕《香火戏考》中的《化钗逼钗》《刘全进瓜》）都有王婆、李龙、李虎等人物，某些情节也与宝卷相类似，如李龙、李虎怒打刘全，寿宝、春香为其求情一节，《江淮神书·刘全进瓜》写道：

口内说话就动手，抓住刘全打的忙。上头就拿棍子打，下头又拿脚来撞。东楼拖到西楼上，南楼拖到北楼房。刘郎打的不像样，七分像鬼苦难当。不表刘全来挨打，来了儿女人一双。长寿宝来女春香，姊妹跪在地中央。寿宝上前忙开口，舅舅连连叫一场。我娘如今身死了，打死父亲难还阳。再把父亲打死了，一双外甥哪个养？得住手来且住手，莫打我父他身当。两个舅舅听得说，万把钢刀刺心肠。寿宝才交七岁正，说出此话好凄凉。一把拿住外甥手，苦命外甥哭一场。父亲把娘逼死了，谁人领带你身当？谁梳头来谁裹脚？谁人带你做衣裳？②

《翠莲宝卷》亦写道：

不问情由长和短，一把扯住刘全身。拳打脚踢无其数，手拿棍子打其身。寿宝一见来相劝，连叫娘舅不绝声。双膝跪在尘埃地，宽舒我的父亲身。勿看鱼情看水情，且看外甥面上情。我的母亲身死了，全靠爹爹老父亲。倘拿爹爹来打死，兄妹两个靠何人？李龙李虎听这话，上前抱住泪纷纷。苦命外甥舍结局，何人抚养你们身。看这外甥能聪巧，看看正正痛伤心。③

又如火德星君火烧刘全房屋一节，《江淮神书·刘全进瓜》写道：

玉皇大帝开金口，火德星君你是听。差你凡间无别事，去烧刘全一满门。火德星君领了旨，驾起云头就动身。拨开云头朝下望，刘全庄子面前存。将身变个火鸽子，落在刘全房梁上。刘全一见心焦躁，拿起长枪射他身。左一枪来右一枪，枪枪射在二梁上。刘全吓的慌张了，点起

① 罗兵：“西游”宝卷研究 [D]．沈阳：辽宁大学，2016：37。
② 朱恒夫、黄文虎：江淮神书 [M]．上海：上海古籍出版社，2011：554-555。
③ 翠莲宝卷 [M]．1940 年顾荣大抄本。

火来烧他身。天火接住凡间火，烧得通天彻地红。东书院烧到西书院，南楼烧到北楼中。房屋家产烧完了，万贯家财烧干净。[①]

《翠莲宝卷》则写道：

且说刘全逼死李氏，玉皇差了火德星君下凡，变了一只白鹤飞到刘全家中。歇在他家梁上。刘全看见，手拿长枪对正白鹤，左一枪右一枪。枪头刺在梁上，刘全家中立刻起了天火。高楼所屋，均已烧着，立时化了灰尘。刘全家中天火烧，家私什物化灰尘，高所大屋多烧尽，瓦片不留半毫分[②]。

此类相似情节比比皆是，可见产生较晚的宝卷在改编小说的基础上，一定程度上借鉴、模仿了神书情节。这也体现着民间文艺在内容上广泛吸收、相互因袭的一种特点。

像《游龙宝卷》之于《大明正德皇游江南传》《孝女宝卷》之于《八仙出处东游记》都是此类改编形式，据小说某一故事枝蔓而编写，人物形象多有改变，且加入新的角色和情节，放大细节描写，虽然沿用小说故事框架，但游离于故事主体之外，单独成一叙事单元。

无论是对小说情节的略加改动，还是对原有故事的借题发挥，此类片段截取式的宝卷在细枝末节处往往着墨较多，这和它的艺术成规密切相关。因宝卷的说唱形式，对于受众来说是被动地接受，不像案头文学一样，读者在接受过程中可以停下来去联想、细思或深入挖掘，宝卷的演说是一个连续、快速的推进过程，必须让听众直截了当地接收信息，情节处不要太多隐晦，跨越性也不可太大，节奏上要紧凑得当，氛围上要足够铺陈渲染，自然要将细节处交代清楚，通过细致入微的述说、解释，形成具体可感的画面，以便听众在最短的时间内明白通晓。另外，宝卷作为说唱艺术，有自身的表现形式、讲述模式和艺术目的，它在承袭小说的同时，说唱艺人会根据自身的文化修养和艺术经验对小说进行一定的调整，加入一些新的情节或角色，使其细节更为丰满充实，以便迎合听众的心理需求和审美趣味。“丰富，主要是在原著情节叙述的空白处或粗疏处增添大量的生活化

① 朱恒夫、黄文虎：江淮神书 [M]. 上海：上海古籍出版社，2011：556。
② 翠莲宝卷 [M]. 1940 年顾荣大抄本。

细节，使情节血肉丰满，这一点可以说是民间说书的一个突出特点。”[①]

三、零散元素利用

此类宝卷对小说的吸收方式，不同于以上两种类型。上述两种宝卷的改编方式，无论是对小说的整体因袭，还是对小说的片段择取，都是在原小说故事框架内的改编，整个演说故事或沿用旧有的脉络，或另辟蹊径，拓展主体枝蔓，其人物、情节、事态、背景都在原本故事体系之内，这种改编后的宝卷与原有小说的血缘关系更为亲密。而此类宝卷则不同，与所用元素小说的亲密度并不强。它所演说的故事形态独立于原著之外，其目的、旨趣都与原著不同，仅在叙事过程中纳入一些其他有关小说的人物、情节或故事梗概，将这些零散的小说元素嵌入宝卷中，为的是利用其广泛的知名度或认知经验来服务于本宝卷的叙事和传播。

有的宝卷将一些小说人物直接引入其所演绎的故事当中，成为一定的角色担当。如《家堂宝卷》中观音率众神大战归山水母一情节中写道：“观音领了圣旨来到泗州地面，慧眼观见众生遭此厄难，便点四大金刚到，哪吒太子现三头六臂，脚踏风火轮，手执火尖枪，孙行者手执金箍棒，原功七十二变化，上前围住妖精。这归山水母全然不惧也，显神通利害，斗了七日七夜，天昏地暗，日月无光，那杀生行者杀得汗流脊背，只收下阵去，四大金刚杀得东走西奔。……杨戬大圣闻知得，也来战斗此妖精。空中祭去哮天犬，张牙舞爪好惊人。”[②] 这里，除了归山水母之外，其他角色显然来自《西游记》，虽然他们都有各自的文化来源，但在此聚集在一起，让人不免会联想到西游故事的场面。

又如讲述仙女张四姐下凡与颜世宝求姻缘而后大闹东京的《天仙宝卷》，其中加入了包公、杨文广、呼延庆等角色，他们虽然都是历史人物，但在民间认知当中他们更多的是小说故事中的经典人物。尤其宝卷描写了包公通过阴阳枕去冥府、西天、天庭寻求四姐身份一情节，更是沿用了《百家公案》中具备神异色彩的包公形象。另外，此宝卷还融入了哪吒、孙悟空等人物，均描写了他们与四姐的反复争斗：“哪吒一叉来刺去，四姐还枪往上迎。哪吒暗念真言咒，无数飞刀往

① 纪德君：在书场与案头之间：民间说唱与古代通俗小说双向互动研究 [M]. 北京：文化艺术出版社，2009：324。
② 刘荫柏：西游记研究资料 [M]. 上海：上海古籍出版社，1990：524-525。

下临。四姐急忙拔下金钗，对着一一指画，那些飞刀都分二段，纷纷落地。”“齐天大圣怒气冲，金箍棒儿显神通。手内拏着来举起，东一棍来西一棒。四姐一见虚心惊，此人不比平常人。七十二变神通大，也曾闹过大天宫。”① 宝卷借用了《百家公案》《杨家将》《呼家将》《西游记》中的英雄人物，编者将他们设定在统治阶级的立场来与四姐打斗，为的是突出四姐不畏强权的正面形象。

再如民间教派宝卷《蟠桃卷》中，描写众神仙共赴瑶池金母的蟠桃宴时写道：“日月仙童细留神，打量那九霄云外南天门。门外祥云瑞气霭，来了那名山洞府众仙真。昆仑元始头前走，后边谨跟太乙真。老子骑牛来得快，火云洞来了三圣人。海岛来了全真道，悟空驾起跟斗云。终南山来了云中子，释迦文佛出雷音。仙鹤上坐的南极子，小哪吒蹬的风火轮。终南山来了一个韩湘子，手提毛篮进大门。灵鹫山来了佛祖燃灯道，八仙赶鹿随后跟。”② 这些不同性质的人物杂凑在一起出现，是编者根据自己的认知经验将《西游记》《封神演义》《八仙出处东游记传》中的角色撮合于同一时空内，以增强场面的热闹程度和故事的传奇性。这些宝卷编者将活跃在民间故事中的小说人物融入宝卷叙事中，使其参与到情节的流程进展中，乍看来略显突兀、生硬，但“从主观的传播动机看，在故事中嵌入具有‘明星效应’的经典形象，无疑有助于本故事的接收与传播”③。所以，这些客串角色的出现可以说为宝卷增添了一定的知名度，在广泛吸引受众方面起到一定的积极作用。

有些宝卷将小说中的人物和情节作为一种先验性存在，它们并不直接参与到宝卷故事的进程中，往往是一种回忆性追溯，或铺垫、引出演说之事，或作为论说事理的例证。如《白氏宝卷》中龙母劝白蛇耐心修道时写道：“钟祖前世是蝙蝠，八仙韩湘白鹤修。取经八戒猪精做，悟空猿猴天生就。沙僧流沙鱼精做，忠心护法万古留。”④ 这些小说人物的出现为的是劝说白蛇不要因出身自卑，而要虔心修道。而写白蛇进驻蟠桃园时，又言道：“此是天上神仙大会。昔年被孙行者管御桃园，偷吃了桃子，弄出大闹天宫的事来，亏得如来佛来收镇了，压他在五行山。五百年后遇唐僧取经，才之放他出来，做个徒弟，将功折罪，后来成了斗战

① 绘图天仙宝卷·下集 [M]. 上海：惜阴书局，11。
② 蟠桃卷 [M]. 旧刻本。
③ 赵毓龙、胡胜：论明清小说在孙悟空形象传播中的话语功能 [J]. 东北师范大学学报，2017（5）：129。
④ 王国平主编：西湖文献集成·15·雷峰塔专辑 [M]. 杭州：杭州出版社，2004：261。

胜佛。”[①] 这里引入孙悟空偷吃蟠桃之事，目的是要让白蛇在御桃园严守法规、认真修行。

又如《蟠桃卷》中借鸿钧老祖之口说道：“初开天地之时，吾一道传三友，乃是老子、元始天尊、通天教主，到了周兴之时，凤鸣岐山，圣志出世。瑶池金母命老子、元始天尊、通天教主三人共立封神榜，命姜子牙替元始天尊代劳封神。三教二佛共渡四亿回天。”[②] 这里将《封神演义》故事引出，并突出了瑶池金母的地位，强调是其为了度化世人而推行的封神之事，目的是劝说众仙下凡度脱众皇胎。

再如《醒心宝卷》中有言：“商纣王，也依性，屈害忠臣。宠妲己，将江山，枉送周文。周文王，多仁德，世代罕闻。亲御驾，推姜尚，大德名声。汉刘备，本仁德，依性兴兵。札连营，七百里，火烧难奔。你看那，吴孙权，拒敌曹兵。深信着，诸葛亮，赤壁火焚。”[③] 这里便引用了《封神演义》和《三国演义》之故事，当然这里不乏一些史实性认知，但之后所说的岳飞之事，明显来自小说《说岳全传》。其中写道：“修者终有好处，即如宋朝秦桧之妻，原是蝙蝠。修成在如来佛处听佛讲经说法，不料蝙蝠放出一个屁来。有一大鹏金翅鸟，在佛祖顶上护法，闻了臭气，见是女蝙蝠也，即将女蝙蝠几口啄死。佛祖生嗔发怒，将大鹏金翅鸟贬将下凡。逐往东土汤阴县岳家庄投胎，后来就是岳飞也。再说此蝙蝠被大鹏鸟啄死，其阴魂亦到东土王氏投胎，就是长舌妇也，嫁于秦桧为妻。后来岳飞害此妇之手，为因前世啄死之仇。”[④] 经对比，此故事即源自《说岳全传》第一回“天遣赤须龙下界，佛谪金翅鸟降凡”，整个情节与小说完全相同，仅是小说所言为“女土蝠”。《醒心宝卷》中类似的小说情节比比皆是，从其宝卷名称即可知，编者插入这些家喻户晓的小说之事为的是通过这些形象可感的例证以达到劝世行善的目的。

这种在行文叙事过程中融入小说元素的宝卷较多，除以上之外，如《劝世良言》《百鸟图宝卷》《窦娥宝卷》《鹦哥宝卷》，等等，皆是此类。这些宝卷将进入

---

① 王国平主编：西湖文献集成 · 15 · 雷峰塔专辑 [M]. 杭州：杭州出版社，2004：262。
② 蟠桃卷 [M]. 旧刻本。
③ 霍建瑜：美国哈佛大学哈佛燕京图书馆藏宝卷汇刊 · 二 · 新刻醒心宝卷 [M]. 桂林：广西师范大学出版社，2013：210。
④ 霍建瑜：美国哈佛大学哈佛燕京图书馆藏宝卷汇刊 · 二 · 新刻醒心宝卷 [M]. 桂林：广西师范大学出版社，2013：211。

公共文化流通领域的经典形象和故事为己所用，也是为了提高自身的叙事品位，以增强其艺术吸引力，满足听众的审美需求。当然，除了宝卷，其他民间文艺形式，如弹词、鼓词、子弟书等，也常常袭用小说中的精彩情节单元，这就形成了将小说中司空见惯的情节、角色和名物进行嫁接、挪移和拼凑的现象。这也与民间文艺编撰者的文学水平有关。宝卷的编撰者虽然有一些底层文人，但更多的是那些底层宗教徒们，其知识储备、文学修养有很大的局限性，而他们在编写宝卷时自然会根据自己的认知经验，将一直以来曝光率较高的小说人物和情节融入所写内容之中，一方面加大了宣讲的生动性和趣味性，另一方面也弥补了其匮乏的创造力。同时，以这种讨巧的编写方式将民众喜闻乐见的小说因素呈现出来，既增强了听众的熟悉度和亲切感，也激发了听众的热情，迎合了他们的审美趣味。而就场上活动而言，对小说元素的借鉴、移植又是说唱者一种必备的表演技能。戴宏森即言："历代说唱艺人要说好长篇书，在市场上立足，就必须掌握足够多的故事、事件、语言的'部件''零件'，以便对书情做随机处置，逢枝开花，遇路转弯。从别的书目中移植叫座儿的部分书情，改头换面，借树开花，叫作'摘挂'。"[①] 所以，将旧有的形象、情节融入新的故事当中，往往易于听众的接受，达到广泛传播的实效。

四、内容间接模仿

宝卷对小说的吸收形式，除了以上几种，还有一种是对小说内容的间接模仿。这种宝卷的相关内容与某小说的关系较为隐蔽，不像以上类型的宝卷，将小说内容、人物、情节直接拿来利用，小说遗留的痕迹较为明显。这类宝卷在书写故事时并不提及已有小说的具体内容，但在人物塑造、情节设置方面又隐约可见经典小说的影子，给人一种似曾相识的感觉，其模仿特点较为突出。

又如《先天原始土地宝卷》，写了"大地"化身的土地神巧遇元始天尊，获得龙头宝杖一柄。他去天宫寻佛，路经南天门，被天将阻挡斥骂，土地一怒之下，用宝杖向众将打去，不料将天门打开。玉帝得知后勃然大怒，派五方五帝、五斗神君、三十六天罡、七十二地煞，率八万四千天兵天将，欲捉拿土地，但土地神通广大，众神都奈他无何。玉帝又求佛助战，佛祖派四大天王、八大金刚来战，

---

① 姜昆、戴宏森：中国曲艺概论 [M]. 北京：人民文学出版社，2005：176。

经过一番争斗，都被土地打败。“土地闹天宫，两家大交兵。林中失了火，听唱一江风。众天兵不违天主命，各赌能，合胜抖威风，一勇齐来，四下相围定，土地显神通，神通杖手中擎，一人能挡天兵众。”[①] 最后玉帝无奈，只能再求佛祖，佛祖以无边的法力制伏了土地，将其送往灵山，投入炉火中而焚毙。在这里，土地神俨然就是孙悟空形象的一个翻版，且手中亦有一个神兵利器，只是由金箍棒变成了龙头拐杖，此情节同样与孙悟空大闹天宫相仿，且最后都是由法力无边的佛祖将其降服。无论从形象的塑造上，还是情节的设计上，其模仿《西游记》的痕迹都十分明显。

同样，《天仙宝卷》描写了张四姐大闹东京的故事，亦有模仿《西游记》之处。其中，当玉帝得知四姐下凡后，“玉皇闻奏龙颜怒，皱眉怒目咬牙嗔。忙传一班天神将，下凡去捉女儿身。便差九龙三太子，哪吒太子一全行。再召齐天孙大圣，领兵三万下天门。[②]”而四姐以其广大的神通与之激战，并将众神打败，最终玉帝只能以劝说的形式，答应其三个要求，才使其重返天庭。此与《西游记》中玉帝收服孙悟空之情节，有异曲同工之妙。

另外，文中还写到了四姐的宝物之一——摄魂瓶，“将瓶丢在云端上，把手招招尽在瓶。文广即进瓶中去，延庆连忙后头跟。兵马也把瓶进来，不知昼夜与黄昏[③]”。此摄魂瓶，其名、其功能与《西游记》中金角、银角的羊脂玉净瓶如出一辙，可以说是对小说名物的活学活用。

这种宝卷的人物和情节看似为新的内容，但追溯其渊源，显然是某些小说的改良版，只不过是在旧故事外面套上了一个新的外衣。当然，宝卷的这种创新精神是不可否认的，但受其编撰者文化水平的限制，加上某些小说强大的影响力，宝卷在创作过程中或是潜移默化地主动靠拢，或是无奈地被动接受，使得其表现出来的样貌往往带有那些固有的、难以摆脱的小说文化烙印。

以上是宝卷改编、吸收小说的几种方式，从整体的因袭，到部分的节选，再到元素的利用，最后到隐蔽的模仿，虽然不一定涵盖所有的宝卷对小说的改编形式，但此四种形式还是具有一定普遍性的。同时，它们也不是绝对独立的，同一部宝卷中往往包含几种改编形式。如《张氏三娘卖花宝卷》《雪梅宝卷》之于《百

① 马西沙主编：中华珍本宝卷 [M]. 第二辑，第十九册，北京：社会科学文献出版社，2015：64。
② 绘图天仙宝卷·下集 [M]. 上海：惜阴书局，10。
③ 绘图天仙宝卷·下集 [M]. 上海：惜阴书局，5。

家公案》,《喜鹊桥宝卷》《李宸妃冷宫受苦宝卷》之于《三侠五义》,《买臣宝卷》之于《喻世明言》，等等。这些宝卷都是截取小说某一故事片段改编而成，但这些故事在原小说中又具有相对的独立性，宝卷将之吸收时又表现出一定的情节整体因袭性。又如《先天原始土地宝卷》《天仙宝卷》等，既有对小说元素的利用，又有对小说情节的模仿。所以，宝卷对小说的改编与吸收是多方面、多层次、多形态的。

第三节　宝卷改编小说的特点

一、人物事件的选择性

历代小说中包含的人物和故事形形色色、纷繁多样，但宝卷为何选择“这一个”去重述、再现，显然有其一定的文化指向性，那就是在公共文化流通领域内，具有典型性的人物和故事。它们有的在小说成书之前就已在民间广为流传，后经小说的整合而定型；有的初现于小说，但因其艺术独特性，一经问世便得到了广大民众的喜爱。它们都借由小说的广泛传播效果成为一个固化的文化符号，经其他各种文艺媒介反复演绎，便成为一种集体共享性文化元素。宝卷在对小说进行改编时便会优先选择这些具有广泛群众基础的典型人物和情节。一方面，它们经过长期的文化积淀，已经形成了相对固定且丰富的文本内容，易于直接拿来利用，节省了创作成本，节约了时间和精力；另一方面，它们犹如一个个自带光环的“明星”，嵌入到宝卷叙事中，既为其做了代言，促其在文化流通领域的进一步推广，又提升了宝卷自身的文化品位。同时，它们的知名度又足以引起接受者的强烈关注和共鸣，拉近与受众之间的心理距离。当然，宝卷在面对这些典型人物和故事时也并非完全被动地接受，它会根据自身的文体属性，筛选、择取更适合自己进行演说的经典人物和片段。“宝卷的劝善功能很强，它的使命之一是保障民间社会的伦理秩序，所以编卷人绝对不会选择有伤风化的或纯娱乐的俗文学故事和民间故事来改编。”[①] 正是由于宝卷的这种劝善功能及其宗教属性，它选择的那些典型人物和情节往往具有一定的神异色彩和劝善惩恶之特点。

① 尚丽新、车锡伦：北方民间宝卷研究 [M]. 北京：商务印书馆，2015：16。

像小说《二度梅全传》所宣扬的是忠孝节义思想，且自其问世以来便被其他艺术形式——戏曲、鼓词、弹词等反复呈现，传播范围广、受众基数大，因而宝卷将其纳入编写范围；再如西游故事和人物，本身具有神异性和修道成分，且作为经典小说的杰出代表，自然也成为宝卷改编的对象；又如关公、岳飞、包公等英雄人物，不仅历来加附于他们身上的传奇故事多种多样，而且自身所具备的忠勇、廉明、刚正的品格，已成为一种特定的文化现象，反映着广大民众的理想和愿望，所以宝卷对他们的不同演绎也是顺理成章的。

同时，在民间宗教宝卷中，这些民众耳熟能详的角色和情节具有更直接的功用，民间宗教往往以创教者或教主为原型，杜撰出一个主神，如无为老母等，并以之为主角，敷演修行、成道、造经、救世的过程。对于普通民众而言，这些主神是比较陌生的，宝卷编撰者只有大量吸纳公共领域中具有极大影响的文学艺术形象，杜撰出的主神才能有效地融入既有的故事群落和信仰系统中，从而加快传播。受众一遍又一遍地“重温”似曾相识的情节和亲切熟悉的形象，在这种“重温”活动所营造的舒适感中，民间宗教的主神形象也变得越来越具体而亲切。

二、内容演说的随意性

宝卷作为一种民间说唱形式，它的编者和接受者以底层民众为主，这也决定了宝卷内容的品位不会太高。虽然它也从小说中吸取营养，对其进行借鉴和模仿，但艺术水平仍难有提升（像上述提到的《佛说忠良仁义贤孝宝卷》，因是对小说的整体因袭，忠实度较高，也便有一定的文学品位，但此类宝卷仅占少数，不具普遍性），叙事品位普遍不高，一个突出的表现就是演说的内容比较随意、逻辑性不强。如《天仙宝卷》中，为了突出四姐的反抗精神和神通广大，将与之战斗的孙悟空、哪吒、包公、杨文广、呼延庆等人物混杂于同一个叙事时空中，可以说是一个典型的“关公战秦琼”的故事，整个故事的逻辑关系和内在结构显得松散、割裂，缺乏足够的严谨性和完整性。而且这些人物本身所包含的正义和反抗精神，在为了衬托四姐的形象上也完全被消解了，脱离了原本既有的精神内核。又如《翠莲宝卷》中的唐僧，为了化得翠莲的金钗，竟然以撞墙寻死相威胁，显然已经曲解、变异了人物固有的形象。

虽然这些改编有时让人觉得很奇怪，甚至可以说是“无稽之谈”，但“之所以觉得‘无稽’，其实是我们站在某一个固定的立场上看问题，而忽视了故事在传播、演化过程中出现的种种制约因素。如果我们放弃‘刻舟求剑’式的观察角度，把重点放在研究这把‘剑’是如何被‘水流’冲走以后，在不同的河段所发生的变化，那么就会发现，不管是如何变化，其变化的原因都是可以解释的。于是，就可以变‘无稽’为‘有稽’了[①]”。那些故事和人物的变异，其实是与时代的变迁、地域的转移和受众的文化差异息息相关的。即使那些粗疏的情节、拙劣的叙述、庸俗的描写，也都是与特定阶层以及他们的文化水平、思想观念、审美旨趣相适应的。所以说，宝卷的适用阶层决定了它的叙事品格。虽然它借鉴了小说的一些内容，但以文人小说的尺度去衡量改编后的宝卷，或许过于严厉、苛刻。

另外，这种随意性还表现在宝卷的文字书写和认知的错误上。如《佛说忠良仁义贤孝宝卷》中的人物“梅魁”，在行文中多次写作“梅奎”。《唐僧宝卷》中多次将“陈光蕊”写作“陈光汝”。《游龙宝卷》多次将“骗”字写作“偏”字，“弥”字写作“你”字。另外，该宝藏卷首写道：“且说大明宣德年间正德武宗登基。”[②]这里出现了两个不同皇帝的年号，正德确为武宗年号，而宣德则是宣宗年号，编者显然将两个年号混为一谈，此故事内容虽是戏说，但这种基本史实的随意捏合略显低级。《翠莲宝卷》中“王婆”与“黄婆”交替使用，但据神书中保留的刘全进瓜故事，这一增加的人物应为“王婆”。或许因为“黄”与“王”音近（在吴语方言中，两字的发音就是相似的），导致了宝卷中的书写混乱。又如《西王圣母诸仙庆贺蟠桃宝卷》中将八仙之一的“何仙姑”写作“曹仙姑”。《窦娥宝卷》在描写八仙中的蓝采和时写道：“采和仙姑年纪小，手执花篮甚清高。”[③]显然将蓝采和的性别搞错了。这些书写错误和认知错误也体现出了宝卷编写者文化水平的低下，缺乏一定的严谨性。这也是民间文学与精英文学之间的差别所在。同时，这些宝卷能将诸多的常识性错误或明显的逻辑缺陷保存下来，也间接地反映出受众的文化品位和知识水平，他们在聆听宝卷的过程中，也并未提出异议。

三、口头表达的狂欢性

宝卷所改编的小说虽然大多数已是白话体，但文辞语言更多的还是书面语，

---

① 董上德：古代戏曲小说叙事研究 [M]. 广州：广东高等教育出版社，2011：37。
② 游龙宝卷 [M]. 旧抄本。
③ 窦娥宝卷·上集 [M]. 上海：惜阴书局，1。

宝卷将之吸收来后，往往转化为更加通俗直白的语言。究其原因，在于两种艺术表现形态的根本差异。虽然都使用白话，但小说语言是生产于案头的、诉诸读者视觉的，宝卷语言虽然也会被落实于纸头，但归根结底是要呈现在场上，诉诸大众听觉的。尤其考虑到受众的文化水平和艺术修养，许多案头阅读中明白晓畅的白话，也有可能给听众接受造成障碍，宝卷作者就必须将宝卷的语言（无论叙述语言还是人物口语）处理得更为简单直白以适应口头表述的需要，而直白俚俗的表述又具有很强的狂欢性。如《韩湘子全传》第九回中韩湘子上天庭拜见玉帝时看到凌霄宝殿的场景，写道："瑶天高邈，玉陛森严。帝王端居，后妃胪列。两下里星辰成行逐队，一望地仙子落后参前。琼英缭绕，瑶台上彩结飘扬；瑞霭氤氲，宝阁内香烟沾惹。凤鸾形缥缈，金玉影浮沉。上排着八宝紫霓墩，都披着九凤丹霞被；中列着几层青玉案，却堆着千花碧甸盆。席上有凤髓龙肝，猩唇熊掌；壶内有珍珠琥珀，紫醴香醪。果然是珍馐百味，般般出自天厨；异果佳肴，色色来从阆苑。"① 此段描写，对仗工整、文辞典雅、语句隽永，是文人气息浓厚的诗化语言。《韩湘宝卷》对此则写道："今闻金鼓数声，玉帝升登凌霄宝殿。阁内香烟缭绕，琼台幢幡缥缈。左扶金童对对，右拥玉女双双。掌扇八宝紫电，衣披九凤丹霞。"② 可见宝卷作者在模仿小说的同时，根据自己的认知经验改写为更为简洁直白的语言。《游龙宝卷》在改编小说时，用语中更是加入了较多的方言俚语。如周元的母亲方氏想着如何招待正德皇帝时，写道："方氏一想，这位客人不好怠慢，前日子我儿砍柴拾一只鸡，拉里酿我杀了请请俚罢。弗多一歇，烧好四样菜。"另外，周元向正德解释为何苦闷落泪时，道："不是不是，叫'六月里冻杀绵羊——说也话长'，客人你听。"③ 这里的谚语及上面的"拉里""一歇"都是吴地方言用语。编者通过方言的形式传递小说中的内容，使听众感到更加亲切，易于理解。

宝卷编者将案头文学的小说转化为说唱的文艺形式，其语言自然趋于平实、质朴，虽少了原有语言的文采与厚重，但它的通俗易懂、简单直白更适合缺乏文化素养的底层民众。而且大量的文人术语不仅对于接受者而言难以理解、消化，对于知识水平不高的说唱者来说，亦是难以记忆、表达。所以将语言化繁为简也

---

① 杨尔曾：韩湘子全传 [M]. 上海：上海古籍出版社，1990：211-212。
② 全图韩湘宝卷·卷上 [M]. 上海：上海宏大善书局，1875：26。
③ 游龙宝卷 [M]. 旧抄本。

是宝卷改编小说的一个特点。

另外，虽然宝卷编者将小说语言转化得更为通俗、简练，但也往往运用谐谑、夸张的语言来追求演说的娱乐效果。如《游龙宝卷》中周元得知自己招待的客人是正德皇帝时，写道："倘然再来末，吾里阿姆要嫁俚哉，吾去做拖油瓶太子哉。"[①]通过周元之口来调侃最高统治者——皇帝，显然是寻求话语兴奋点，营造娱乐氛围。又如在惩治恶人方面，宝卷着墨较多，注重铺垫渲染，以追求话语的狂欢性。像《二度梅全传》中最后拷问、处罚奸臣黄嵩、卢杞时，描写较为简略，只是一笔带过。"两旁听得，将大刑一收，只听得'哎哟'一声，两个奸贼早已昏死过去。""只见绞凳已到，抟去衣衾，用绳将奸贼绞起，顷刻之间，二命呜呼，早赴幽冥去了。"[②]而《佛说忠良仁义贤孝宝卷》则细致写道："两边禁卒听得上面吩咐收绳，把脚向三根木头上一蹬，绳子背在肩上，往前把头一低，绳子捆在夹棍，只听得咯喳咯喳乱响，两个奸贼只贪害人，那里晓得刑法这般厉害。疼得只是杀猪叫，哎哟不止叫连天。冯公问道招了罢，奸贼拼死不招成。冯公吩咐再收紧，两边人役不消停。用力一背绳收满，奸贼昏死不做声。""又把黄嵩全家绑，押付西郊遵旨行。一刀一个头落地，共斩三十八个人。看得百姓齐欢喜，恶人报应甚分明。随后押只贼芦杞，百姓无一不欢喜。……众人正指芦杞骂，御赐绞棍到来临。武士校尉忙不住，衣服剥个精打精。只留中衣来绑了，套上绳索要追魂。三紧三松方断气，舌头吊出三寸零。"[③]宝卷将整个惩治过程进行了具体描写，无论是"咯喳咯喳"的收绳声、哎哟不止的"杀猪叫""舌头吊出三寸零"，还是"背绳收满""一刀一个""三紧三松"等，都极具场面感染力。通过一系列的动作和声音效果，以放大、慢镜头式的画面呈现出来，刺激着受众的感官，使其"品味"着恶人受到恶报的结果，从而达到拍案叫绝的快感。同样，《唐僧宝卷》亦有对贼人刘洪等人处置描写："就把强盗来活祭，熬油点火祭夫君。供起亲夫灵牌位，灵文玉轴就招魂。架起油锅添火炭，灯草松香五百斤。颠倒绑在将军柱，朝天蜡烛一般能。剥皮割肉熬油点，活赤身体痛杀人。看看伤心苦杀人，就把偻啰放水灯。每人三丈纱麻布，再把松香□卷身。一篓桐油一个人，满江点火密层层。"[④]虽然

---

① 游龙宝卷 [M]. 旧抄本。
② 惜阴堂主人：二度梅全传 [M]. 上海：上海古籍出版社，1991：441、449。
③ 杨遇春：佛说忠良仁义贤孝宝卷 [M]. 道光十三年抄本。
④ 霍建瑜：美国哈佛大学哈佛燕京图书馆藏宝卷汇刊·六·唐僧宝卷 [M]. 桂林：广西师范大学出版社，2013：366。

这种惩罚手段略显残酷，但对于听众来说，这里没有同情，更多的是一种情绪的宣泄。

这些具有血腥的场面描写，很好地迎合了受众追求戏剧性与刺激性的心理，也达到了宝卷惩恶扬善的宣传目的。郑振铎先生曾言："说书家是唯恐其故事之不离奇、不激昂的，若一落于平庸，便不会耸动顾客的听闻。所以他们最喜欢取用奇异不测的故事、惊骇可喜的传说，且更故以危辞峻语来增高描述的趣味。"[①] 所以，话语的狂欢性也是说唱文学自身所追求的一种艺术特点。

四、神道思想的杂糅性

宝卷的宗教化文体属性，决定了它往往以神道设教的创作宗旨来改编小说，使得此类宝卷无论是教派性质的还是民间故事性质的，都充斥着神道化色彩，并且体现着一定的杂糅性，而这种杂糅性又与当时"三教合一"的文化语境密切相关。

明代以来，儒、释、道"三教合一"思想盛极一时，已经成为当时整个文化发展的主要基调，这是由明代的社会环境所决定的。政治方面，当权者利用"三教合一"的思想教化民众，稳固统治。朱元璋即撰写有《释道论》《三教论》等文章，提出用人要以儒家思想为主，同时对佛道二家也给予肯定。其言："于斯三教，除仲尼之道祖尧舜，率三王，删诗制典，万世永赖。其佛仙之幽灵，暗助王纲，益世无穷，惟常是吉。尝闻天下无二道，圣人无两心。三教之立，虽持身荣俭之不同，其所济给之理一。然于斯世之愚人，于斯三教，有不可缺者。"[②] 他认为，儒、释、道三教虽在内容和形式等方面各有不同，但统治民众思想还是"不可缺"的。在思想领域方面，儒、释、道各家均在宣扬自家思想的同时，推崇三者合一的理念。儒家代表王阳明在明代思想史、学术史中有着举足轻重的地位，他对儒、释、道三教合一观念的发展起着重要作用，他创立的"心学"即是援佛、道入儒而成，并认为三教"其初只是一家，其去其藩篱仍旧是一家[③]"。道教方面，在王重阳时，其就主张"儒门释户道相通，三教从来一祖风"[④]，而明代以来道教对儒、释的吸

① 郑振铎：郑振铎古典文学论文集·论元刊全相平话五种 [M]．上海：上海古籍出版社，1984：410。
② 姚士观等：明太祖文集 [M]．文渊阁四库全书·1223[Z]．台北：商务印书馆，1982：108。
③ 陈来：关于《遗言录》《稽山承语》与王阳明语录佚文 [A]// 葛兆光主编．清华汉学研究（第一辑）[C]．北京：清华大学出版社，1994：189。
④ 王重阳：重阳全真集 [M]．道藏·25[Z]．上海：上海书店，1988：693。

收更是日益突出，“大量儒、释思想被融入道教，已成为入明以后道教的一大特色[①]”。佛教方面，当时提倡三教合一者较之儒、道提倡者更多，像“明末四大高僧”都是这一思想的倡导者。其中的德清和尚即主张“儒释道一心论”，其言：“不知《春秋》不能涉世，不精老庄不能忘世，不参禅不能出世。此三者，经世、出世之学备矣，缺一则偏。”[②] 儒、释、道三教经过长期的并存，其精神内质经过碰撞、交流、吸收后，逐渐加深了彼此的认同感，再加上明代这种大的文化语境，使三教合一思想越发突出、成熟。正如余英时先生所言：“唐宋以来中国宗教伦理发展的整个趋势，这一长期发展最后汇归于明代的‘三教合一’，可以说是事有必至的。”[③]

在这种“三教合一”观念已经成为社会思想文化公共领域中“共识”的环境下，其被各阶层人士广泛接受和应用。就小说创作而言，很多神魔小说即体现这一观念，《西游记》第四十七回中孙悟空对车迟国国王说：“望你把三道归一，也敬僧，也敬道，也养育人才，我保你江山永固。”[④]《封神演义》第四十七、七十三回均有言：“红花白藕青荷叶，三教原来是一家。”[⑤] 同样，在众多民间宗教经典——宝卷中，亦彰显着此种思想。罗教创始人罗清在《五部六册》中便大量引用《华严经》《金刚经》《法华经》等佛教文献，《悟真篇》《道德经》等道教典籍，以及《大学》《中庸》等儒家经典。其中《破邪显证钥匙卷・破不论在家出家辟支佛品第一》就明确说道：“一僧一道一儒缘，同入心空及第禅。是水源流沧溟瀇，日月星辰共一天。本来大道原无二，奈缘偏执别谈玄。了心更许何谁论，三教原来总一般。”[⑥] 虽然其主张三教合一，但更主要的是对儒、释、道内容杂糅于一起，加以改造后来创造自己的教义。宝卷就是一个典型，可以看到虽然同样主张“三教同源”，但精英阶层和市民大众的处理方式是不同的，精英阶层倾向于为“三教同源”思想寻找理据，构造其在当时社会自上而下流行的合理根据；市民大众则大多是对不同教派的观念、思想照单全收，不加拣择，囫囵消化，又糅合各种民间信仰，构成一个相对混沌的神道世界。众多宝卷中三教思想更多地与民间信仰

① 卿希泰：续・中国道教思想史纲 [M]. 成都：四川人民出版社，1999：538。
② 弘学：中国佛教高僧名著精选・下 [M]. 成都：巴蜀书社，2006：1466。
③ 余英时：中国近世宗教伦理与商人精神 [M]. 合肥：安徽教育出版社，2001：165。
④ 西游记证道书 [M]. 长沙：岳麓书社，2008：324。
⑤ 许仲琳：封神演义 [M]. 北京：中华书局，2009：315、500。
⑥ 濮文起：民间宝卷・1[M]. 合肥：黄山出版社，2005：250-251。

混杂于一起，而三教之间原有的差异变得模糊不清甚至消失了。

宝卷作为民间信仰的载体，在融合了三教思想之后，形成了一个庞杂的神仙体系。既有佛教的如来佛、燃灯佛、地藏王菩萨、观世音菩萨等，又有道教的玉皇大帝、王母娘娘、太白金星等，同时还加入民间教派的无生老母、骊山老母等，以及关公、城隍、黄氏女等民间神祇。这体现着民间信仰的驳杂性特征。其实众多民间宗教信仰为了获得自身存在的合法性便主动向儒、释、道靠拢，以证明自己虽不属于它们的任何一方，但却是“三教合一”的，以寻求民众的认同。

一些教派宝卷在借小说的某些人物和情节宣扬其教义教理时，也体现着这种神道思想的杂糅性。如黄天教的《普明如来无为了义宝卷》载：“行者东方左青龙，白马驮经度贤人。煅炼一千八十日，整按三年不差分。龙去情来火焰生，汞虎身内白似金。”[①] 这显然糅合了道教理念。弘阳教的《混元弘阳临凡飘高经》载：“唐僧取经一十二载，受尽苦楚。还源东土，须菩提无有倚靠，三番又转罗祖留五部真经，受苦一十三年，悟彻真性。心花发朗，取得是无字真经，至到末劫也。”[②] 这融合了佛家思想。另外，《佛说销释保安宝卷》《多罗妙法经》等教派宝卷在宣扬教义教理时，也都吸收了“西游”故事元素，同样以佛、道思想渗入其中。又如《护国佑民伏魔宝卷》则沿用了《三国演义》中的“桃园结义”“过五关斩六将”“千里寻兄”等小说情节，突出了关公形象的神格化，彰显了关公的民间信仰。同时营造了一个俗神混杂的世界：“为伏魔，造真经，北京开板。经头里，先请下，众位神灵。请观音，大慈悲，能救八难。请药王，送灵丹，搭救灾星。请水府三官爷，增福增寿。请顶上，老娘娘，放大光明。请真武，尽经堂，降妖捉怪。请送生，老娘娘，降送儿童。请城隍，共土地，门神户尉。请灶君，降吉祥，福禄重增。诸佛祖，都请在，经堂里内。降吉祥，求如意，普放光明。”[③] 所以，神道思维的杂糅性已经成为宝卷的一个基本特征，它在借鉴和改编小说内容时亦呈现这一特点。如改编自小说的《白氏宝卷》，借龙母之口说道：“道修仙释修佛儒修为圣，天仙道无二理总是一门。儒仲尼师项橐始知天命，释牟尼亦修道去拜燃灯。道青尼师鸿钧三教纲领，自古来三教圣一列奉尊。”[④] 在融合三教思想的同时，还

① 濮文起：民间宝卷·2[M]. 合肥：黄山出版社，2005：376。
② 濮文起：民间宝卷·5[M]. 合肥：黄山出版社，2005：575。
③ 护国佑民伏魔宝卷 [M]. 经折本。
④ 王国平：西湖文献集成·15·雷峰塔专辑 [M]. 杭州：杭州出版社，2004：259。

加入骊山老母这一民间宗教信仰的形象。

宝卷多传播于乡村市井之间，限于认识水平，它的底层受众并不会对其进行哲学性、思想性的辨析和思考，所关注的更多是现实需求能否得到满足。同时，宝卷编撰者的文化程度也不是很高，也无法从根本上厘清三教之间的关系，他们只是借助民众对各种仙神的敬畏之心，以及他们实际的心理需求，融三教于民间信仰之中。正如车锡伦先生所言："民间宝卷中所架构的神鬼体系，不是建立在严谨、缜密的宗教观念之上，而是出自实用和功利的目的，出自平民百姓现实生活中的困扰和需求。"① 所以，民间宝卷往往融合儒、释、道三教思想，并与民间信仰杂糅于一起，有时融合得不是很好，或略显牵强、生硬，但这也正是民间宝卷的特征之一。

另外，改编自小说的民间宝卷，其神道思想往往贯穿于整个故事情节中。

首先，在人物的生活中加入修道行为，如《翠莲宝卷》将翠莲描写成一个平时总在"经堂里面诵经文"② 的虔诚佛教徒，也正因此，观音才会度化她去龙华会。又如《佛说江流和尚生天宝卷》为状元陈光蕊又设定了一个新的身份，那就是"白日里在书房习学书文，夜晚间点亮灯又看经文"的宗教徒。这都是宝卷编者根据自己的信仰而为故事人物添加的宗教身份。

其次，给人物设定先验性的出身，他们或是星宿下凡，或是被贬降世，这也预示着他们所面临的那些磨难乃是历劫修行的必然过程。如《佛说忠良仁义贤孝宝卷》就将梅魁等人的出身做了一个预先定位："梅魁乃纣朝比干转世，直谏肃宗，今已归位。梅璧乃奎星下凡，为忠良之后。陈春生乃右弼临凡。陈杏元乃广寒仙女下凡，与梅璧有夙世姻缘。"③ 这种先验性身份的设定，也决定了故事的后续发展及结局。再如《唐僧宝卷》中同样写道："殷三小姐千金后，原是天仙织女星。状元就是罗汉做，尽是超凡入圣神。"④ 亦将他们的身份做了预先设定，这在小说中都是没有提及的。再次，对人物安排修道升天的归宿。因为他们先验性的身份，又或是因为虔诚的修道行为，最后都得到了升天的"美好"结局。如《翠莲宝卷》最后写道："夫妻二人多虔诚，诵经念佛拜世尊。刘全皇封功劳大，告老回家要

---

① 车锡伦：中国宝卷研究 [M]. 桂林：广西师范大学出版社，2009：20。
② 翠莲宝卷 [M]. 1940 年顾荣大抄本。
③ 杨遇春：佛说忠良仁义贤孝宝卷 [M]. 道光十三年抄本。
④ 霍建瑜：美国哈佛大学哈佛燕京图书馆藏宝卷汇刊・六・唐僧宝卷 [M]. 桂林：广西师范大学出版社，2013：368。

修因。功德完满成真果，夫妻两人上天庭。”[①] 又如《游龙宝卷》最后写周元其母，“(周)太太日日焚香点烛，功成行满，白日升天。”[②] 再如《买臣宝卷》写功成名就的朱买臣，八十岁后“告老在家多安乐，不如念佛与看经。买臣日日来念佛，石氏夫人也修行。夫妇双修同到老，功成行满上天庭。”[③] 这种最后得道升天结局的描写，一方面是劝说世人平日多行善以求回报，另一方面也体现着宝卷编撰者自身的一种心理向往。“宝卷中惯用的星宿下凡而又复归本位的模式，在其他民间文艺形式中则不一定被如此普遍而频繁地使用。”[④] 这正体现出宝卷常以此种神道思维模式对小说进行改编的特点。

五、民间思维的创造性

尽管改编自小说的宝卷，往往以因袭原著情节为主要编写方式，但在小说逻辑欠缺处，或交代不明、情节跨越较大处，又往往对其重新编写，以填充、弥补小说中的空白、不足之处。正如董上德先生所言：“添加叙事的趣味有一个前提，那就是重释故事的人发现原有的故事存在不足或缺陷，若照原来样来叙述，总会觉得欠缺了什么，不满足，不过瘾，不够‘意思’。于是冲着这样的不足或缺陷，自己动手动脚，来一番‘重释’，以满足自己的叙事欲望，也借此使一个可爱的故事变得更为可爱。”[⑤] 当然，宝卷中有些改动虽不太高明，略显稚拙，但也都体现着民间的艺人的想象力和智慧。

如《良愿龙图宝卷》在人物塑造和情节叙述中对它所因袭的小说——《百家公案》第七十八回“两家愿指腹为婚”做了一定的调整。小说将男主人公林招得设定为一个赌徒，也因如此，他在数年内败光家产，但最后他又一举及第，且官至宰相。这种人物形象的设置，虽然有助于强化发迹变泰的效果，但角色前后反差太大，转变显得突兀，且好赌行为也有损主人公的正面形象。而宝卷则把林招得描写成一个喜读诗书的公子，家道的败落则归因于其父林百万对五圣尊神的不敬：“五圣尊神不去请他作福，就将林家使六神搅作。累年颠倒，把他家财耗散搬

① 翠莲宝卷 [M]. 1940 年顾荣大抄本。
② 游龙宝卷 [M]. 旧抄本。
③ 买臣宝卷 [M]. 咸丰七年谢菊亭抄本。
④ 尚丽新，车锡伦：北方民间宝卷研究 [M]. 北京：商务印书馆，2015：16。
⑤ 董上德：古代戏曲小说叙事研究 [M]. 广州：广东高等教育出版社，2011：144-145。

运出去。”[①] 这既去掉了主人公身上的污点，维护、美化了其形象，同时加入五圣尊神散其家财的神异情节，也是符合宝卷的文体特性，达到劝说信众要虔诚尊神信佛的目的。

又如《李宸妃冷宫受苦宝卷》写郭槐与接生婆共谋调换太子的情节时，对小说进行了丰富、补充。《三侠五义》里这样写道：“一日，郭槐与尤氏秘密商议，将刘妃要害李妃之事细细告诉。奸婆听了，始而为难。郭槐道：‘若能办成，你便有无穷富贵。’婆子闻听，不由满心欢喜，眉头一皱，计上心来，便对郭槐道：‘如此，如此，这般，这般。’”[②] 这里通过郭槐与尤氏简单的两句交谈就谋定了陷害皇妃与太子的事宜，如此重大之事，仅以这样简略的形式做以交代，显得过于仓促而单薄。而宝卷对此则进行了着重描写，细化了情节，使之更为丰富、饱满，与事态的严重性更为匹配。宝卷写道：

郭槐开言说声巧，正来寻找你当身。有事与你来商量，尤婆闻言微微笑：“莫非娘娘要临盆，唤我进宫去收生。”郭槐连忙摇摇手，拖着稳婆侧里行。二人来到暗密处，郭槐把事说分明。说道娘娘宫中等，倘你办妥这件事，后福无穷是非轻。尤婆闻听呆呆想，暗想此事关系大，一朝揭破罪不轻；如若今日不依计，刘妃见怪也难容。左思右想暗思量，心中犹豫难决定，好似小鹿撞心胸。郭槐见她不言语，开言催促速进宫。郭槐见着尤稳婆半晌不言，就知她的心中害怕，郭槐又说道：“你这人实是痴呆，俗语云天塌自有长人撑，这件事情尽管放心去做，此计成就，刘娘娘必定重重赏赐你，可以享福了，也不必再在宫中收生。倘或后来破案，自有刘娘娘抵当，与我等无涉。岂不是你我将此事办妥，只要娘娘欢心，你我二人的富贵还小么？落得去做，不必疑惑。只样的好事不应承，反而在此为难，你自去想咱家刚才说的一番话，是的不是的。赶快的，刘娘娘在宫中等着咱家的回话呢。”尤稳婆听了郭槐的这番言语，暗想道：“却是有理。”顿时胆壮心粗起来，应道：“叫声公公言有理，并非小妇来害怕。实因一时未明白，如今与你进宫去。”二人悄悄进宫门，刘妃正在盼望时，一见二人到来临，尤婆上前行大礼。口称娘娘千千岁，

① 龙图宝卷 [M]. 杭州：昭庆慧空经坊，1880：22–23。
② 石玉昆：三侠五义 [M]. 广州：广东人民出版社，1980：2–3。

奴婢尤氏叩圣安。刘妃座上叫平身，站立旁边有话云。尤婆起身来谢恩，刘妃开言叫尤氏，“哀家宣你有事托，谅必郭槐已说明。你能办妥这件事，万两黄金作谢仪。外贴月俸百两银，但事必须要机密。只有你我三人晓，不可说与外人知。倘若此时传出去，关系重大罪不轻。”尤婆闻听万金赏，心中好似小鹿撞，另外还有双俸银，哪管好歹便承应。“娘娘心事奴婢知，此事包在我身上。待等李后分娩日，以假换真依计行。”话说尤婆听得娘娘有万两黄金赏赐，又外加俸禄，也不管空中有神明鉴察，当即满口应允。俗话云重赏之下必有忠信，正其所谓也。闲话少叙，且说刘妃见收生婆满口答应，即唤宫娥去取珍珠赏赐尤氏。宫娥领命，取出二十粒珍珠，俱有黄豆大小，刘娘娘命宫娥递与收生婆收了，娘娘又吩咐道：“待等事成之后，再赏金银与你，第一机密要紧。”尤婆接了珍珠一看，好不欢喜，自出生以来未曾见过这样大的珍珠，故此格外出力办事。①

这里展示了两个场景，一个是郭槐与尤氏的对话，一个是刘妃与尤氏的交谈。这种一再的铺排渲染，也衬托出事件的重大性。而对关键人物尤氏心理变化的描写更体现出人性复杂的一面。在尤氏前后两次谈话中，都写到了她“小鹿撞心胸”的心理反应。第一次是听闻郭槐的来意之后的胆怯害怕，还尚存一丝敬畏心；第二次则是听到刘妃对她万两黄金酬劳时的欣然窃喜，已将一切良知抛到脑后，正所谓“不管空中有神明鉴察”了，展露了人性贪婪丑陋的一面。同时，他们对尤氏的拉拢，不仅有话语的劝说，更有实物的利诱，刘妃赐予尤氏黄豆大小的二十粒珍珠，不只让尤氏欣喜若狂，而且刺激了受众的感官，也使得尤氏的“黑化”在一个循序渐进的变化中，不像小说那样简单直接，缺少事件背后的情理性。毕竟尤氏并非一个邪恶人物，要激出小人物心中的“恶”，巨大的物质利诱是最有效的，这也令故事显得更为可信。宝卷改编后的内容情境具体可感、人物形象生动，更符合听众的认知和接受心理。

再如讲述唐僧出身的《西游记》“陈光蕊赴任逢灾，江流僧复仇报本”一节中，写了陈光蕊买了一条鲤鱼，欲烹饪之，又因善心将其放生，之后得知此鲤鱼实乃龙王之身。而作为堂堂龙王怎么能被普通的渔夫所捕获，小说里并未具体说明，

① 濮文起：民间宝卷·18[M]. 合肥：黄山出版社，2005：457。

这难免让人不解。根据此故事改编而成的宝卷，则对这一逻辑不明处做了新的阐释，使故事的发展更具有连贯性与合理性。《唐僧宝卷》在陈光蕊将鱼放生之后写道：

此鱼龙王三太子，凡人那晓这般情。太子回宫禀父母："孩儿落难遇好人，凡间有个陈光汝，救我残生不望恩。此人恩海如何报，恩重如山无比论。"且说这东海龙王太子，年方一十九岁。龙王不见三太子在宫中，便问王后，不知去向何在。立差虾兵蟹将，各去寻查，并无音信。龙王王后日夜思量啼哭，乃知三太子落难。多蒙陈光汝母子二人，心慈好善，设放江心得命。回宫来见父王，一见心中大喜，就问道："孩儿你往那里去的？弄我差兵点将，各处追寻你，并无音信，害我二人日夜不安，今日才得面见。"太子："孩儿那日海门外游玩，不料遇着一个寻鱼之人下网，把孩儿捉住，拿到街坊就卖。遇着一个善人，就是洪农县新科状元，名叫陈光汝。只因母亲有病，思量鲜鱼吃，此人性孝好善，愿出十千钱买我，归家供奉母亲。状元手拿刀刮孩儿，霎时眼泪纷纷，乃光汝母子二人看见，就起慈悲之心。将我送到江边，放入洪波。孩儿自就得命回来见父王。"①

宝卷将渔夫所捕之鱼改写为年方十九的龙王三太子，因在海门外贪玩而不幸被渔人捕获，作为年龄尚小的龙太子，由于不具备一定的法力而轻易被捉，也是在情理中的。同时写了龙王、王后几日不见龙太子，差兵点将四处寻找的焦急情态。整个情节的处理较之小说更为缜密、得当，避免了演说不明而引起听众的疑惑。同样据此改编的《佛说江流和尚生天宝卷》对这一情节也做了改动，即龙王因布雨失误，被贬做鲤鱼。虽是龙王，但受责罚失去法力变成一条普通的鱼，才会如此容易被渔夫捕获。这一修补也是为了解除小说原处的突兀之感，使故事的发展合情合理。另外，小说中的金山寺长老救了刚出生的唐僧后，便给其"取个乳名，叫作江流，托人抚养"。虽有交代将其送别人处养大，但此时的唐僧毕竟是一个还在哺乳期的小婴儿，并非可以随意给人收养的。所以《唐僧宝卷》对其做了进一步解说："只个小官官，正要吃奶，如何养得大？内有一个打斋饭的小和

① 霍建瑜：美国哈佛大学哈佛燕京图书馆藏宝卷汇刊・六・唐僧宝卷 [M]. 桂林：广西师范大学出版社，2013：331–332。

尚说道：'只有南边陆家村上豆腐店里，他家死了一个儿子，正好与他接奶。'方丈说道：'血书放在箱里，挂在伽蓝殿梁上。金镯银子待我收拾，先付乳母银子五十两。叫小和尚抱只送去接奶。等他成人长大，足有补报便了。'"[①] 这样，收留小唐僧的陆家恰是一个刚刚失去吃奶婴孩的家庭，虽有巧合之处，但符合故事发展的需要，也足以被受众接受和理解。

宝卷虽然沿袭了小说的故事结构和内容，但对于一些留白或欠缺处，往往对其加以弥补和矫正，因而会增加大量的细节描写，这也与其诉诸听觉的说唱形式有关。因为听众的意识刺激是短暂的，必须立即奏效，所以说唱艺人必须将人物之间的关系、事件的背景和转角处交代清楚，不能有所遗漏，也不能跨度较大。正所谓"表书不清，听客不明。衬托不到，听客直跳。""交代不清，如钝刀杀人。"[②]说唱艺人对小说某些情节进行细化、重释也就在情理之中。

综观以上，虽然宝卷是一种独立的文学样式，但小说对它的干预性是强大的、多方面的、多层次的，既有题材内容上对宝卷的渗透，又有结构形式上对宝卷的介入，这也是主流文体对边缘文体的一种由内而外的波及性影响。当然，在这种影响中，既有宝卷对小说的被动接受，也有对其主动的改造。宝卷对小说的吸收，主要通过整体的因袭加工、片段的择取改编、零散元素的利用、内容的间接模仿等方式来实现。而在这一改编过程中，宝卷又体现着自身的文体特点，即往往选择小说中的典型人物和事件进行加工；在内容的演说中表现出一定的随意性；语言的表达上兼具直白性和狂欢性；思想的神道性仍然贯穿始终；对于小说欠缺之处，又以民间思维的创造性予以弥补。这些特点也使得宝卷在重述再造原著故事时呈现出故事形态的别样性，在充实着宝卷自身内容的同时，又延续着小说故事的生命。可以说宝卷通过对那些现成而丰厚的小说资源的吸收和借鉴，一方面提高着自己的叙事品位，另一方面也完善着自身文体的发展与繁荣。以往，我们仅仅强调小说对宝卷的单向的强势影响，宝卷在接受影响时往往是被动的、消极的，而忽视了它在将原著故事重新搬至口头表述时的能动性的艺术处理，这些处理可能略显幼稚、粗糙，却是符合底层民众的消费习惯和审美心理的，也能够使受众积极地接受。

---

① 霍建瑜：美国哈佛大学哈佛燕京图书馆藏宝卷汇刊·六·唐僧宝卷 [M]. 桂林：广西师范大学出版社，2013：349。

② 《中国曲艺志·江苏卷》编辑委员会. 中国曲艺志·江苏卷 [M]. 北京：中国 ISBN 中心，1996：639。

第五章　宝卷对小说的影响

宝卷相对于小说而言，虽然是一种边缘性的文体，且小说之于宝卷可以说是干预强、影响深，但二者在发展中毕竟是一种互动关系，所以宝卷对小说也起着一定的反作用力。宝卷在演绎小说的同时，也为小说的创作提供着相应的故事素材，推动着小说的成书，对小说的传播与推广也起着积极的推动作用。潘建国先生将明清小说的读者分为直接读者和间接读者①，间接读者就是通过说唱和戏曲来认知小说的受众群体。在民众识字率很低、购书能力较差的明清时期，那些间接读者远远要多于直接购买、阅读小说的读者。之所以那些“村哥里妇”“市井之徒”能够熟知通俗小说皆归因于说唱和戏曲强大的传播力。黄人在《小说小话》中亦说：“平话别有师传秘籍，与刊行小说，互有异同。然小说须识字者能阅，平话则尽人可解。故小说如课本，说平话者如教授员。小说得平话，而印入于社会之脑中者愈深。”②其虽言“平话”，但对于一切说唱文学样式皆是如此。所以说，作为说唱形式之一的宝卷，是连接小说原典与底层民众之间一个重要的环节，在重述、复读小说的同时，它对小说情节、人物在中下层社会的广泛传播，以及实现文学的经典化发挥着特有的作用。

第一节　宝卷为小说提供写作素材

相较于小说，宝卷的文学性和原创性虽然较差，但作为一种独立的文学样式，它依然具有特殊的价值，尤其在体现宗教性一面，是小说所不及的。宝卷在说唱宣教过程中，往往会形成一些固定的情节模式和话语结构，并被广大民众所接受。

① 潘建国：明清通俗小说的读者与传播方式 [J]. 复旦学报，2001（1）：118-130。
② 黄霖，韩同文：中国历代小说论著选·下 [M]. 南昌：江西人民出版社，1985：267。

当小说的书写内容涉及宗教或民间信仰时，自然也会受到宝卷的影响，从中汲取养分，增强其通俗性。

一、小说借鉴宝卷情节模式

在佛教进入之前，中国本土意识中本没有地狱观念，更多的称为冥府，最晚在东汉时期北方已存在“泰山治鬼”说，当时人们认为人死之后灵魂都归于泰山。所以，在早期的民间信仰中，冥府即为泰山，冥王即为泰山府君，冥府也不是一个进行道德审判并施加惩罚的场所，只是一个亡灵管理机构。这在当时的文学作品中多有反映，如《三国志・管辂传》中记载管辂长叹：“但恐至太山治鬼，不得治生人。”① 直到两汉之际佛教传入后，其地狱观与本土的冥界观相融合，“地狱”成为本土文学中一个重要的描写和表现对象。但在明清之前的“入冥”小说中，地狱状貌、结构、名称并没有一个明确的体系，也未得到广泛使用，而“明清时期，中国古代游冥故事迎来了发展的黄金时期，无论是文言小说，还是白话小说，无论是短笺笔记，还是中长篇小说，‘地狱’随处可见。……明清游冥故事无论在数量的庞大、分布的普遍、创作主体的人数之众与层次之高，还是从篇幅、艺术技巧、美学风格、思想内涵等方面都是空前的”②。游地狱情节在明清小说中如此普遍呈现，应与当时的宗教观念和民间信仰的大环境有着密切关联，而宝卷又是在明清时期兴盛起来，成为民间信仰的重要组成部分，所以二者之间存在着千丝万缕的关系。台静农先生曾言：“地狱是一个超现实的惨酷的名称，人人都知道的，但不是由于佛书，而是由于民间流行的艺术与文学的描写。”③ 这种“民间流行的艺术与文学”，自然包括了宝卷和小说，可以说，在民间地狱信仰的推广过程中，二者都扮演了至关重要的角色。而在游地狱情节的描写中，二者又必定存在着相互间的影响。比较之下，宝卷更热衷于“地狱”书写，对地狱场景的呈现在宝卷中俯拾即是，它很可能为同类题材的小说片段提供了直接的艺术经验。

在宝卷中，游地狱是一个极为重要的母题，现存最早的宝卷《目连救母出离地狱生天宝卷》即讲述了目连游历地狱救赎母亲的故事。在整个游历过程中，宝卷描写了鬼门关、孽镜台、油锅地狱、血污地狱、拔舌地狱、阿鼻地狱等20余

---

① （晋）陈寿撰，（宋）裴松之注：三国志[M]. 北京：中华书局，1959：836。
② 郑红翠：明清游冥故事与小说叙事手段[J]. 明清小说研究，2014（3）：35-36。
③ 台静农：佛教故实与中国小说[A]. 台静农论文集[C]. 合肥：安徽教育出版社，2002：199。

种地狱场景，将众地狱状貌一一呈现出来，并对相应的罪业也做了确切的说明。这种对地狱景观全面而系统的呈现，在早期的入冥小说中是少见的，而在宝卷中却极为常见。像《三世修行黄氏女宝卷》《刘香女宝卷》《香山宝卷》《观音游地狱宝卷》《地藏王菩萨执掌幽冥宝卷》《王大娘游十殿宝卷》等。它们或是以游地狱故事单独成篇，或是作为整个故事的主体部分，或是作为其中的某一个情节，可以说“宝卷塑造了比以往小说中任何‘入冥’故事都要详细、具体的地狱状貌和结构”[①]。尤其是《十王宝卷》和《玉历至宝钞》[②]的出现，可以说它们勾勒出一套完整的冥府世界，描绘了一个由地藏王菩萨为冥王，由十殿王（秦广王、楚江王、宋帝王、五官王、阎罗王、卞城王、泰山王、都市王、平等王、转轮王）共同管辖的层次清晰、职能明确、体系完善的鬼府地狱，也进一步推进了民间十王信仰的成熟与确立。虽然入冥小说出现在这些宝卷之前，但小说作者并不以构造地狱系统为书写目的，小说作者只是借用地狱概念，或是基于现实生活而设想某一种地狱景观为全篇叙事服务。至于地狱究竟是怎样的？它是一种怎样的系统和组织？并不是小说作者所关心的。宝卷作者却很关注这些问题。在宝卷中，“地狱”不仅仅是一个概念，也不仅仅是一种局部景观，而是一个系统、一个组织、一个全面而立体的场景，宝卷作者需要通过宣卷活动，通过这种类似于宗教仪轨的神秘仪式，将听众代入地狱场景中，使受众在神秘氛围中身临其境地感知地狱的阴森、冰冷、恐怖，如在此前的“看”到种种对恶行的惩罚，以实现劝善目的。这就需要全面、系统地去呈现地狱景观、刻画细节、活画形象，“完整而真切”的地狱状貌就在宝卷的反复描写中逐渐明晰起来。另外，宝卷在这种地狱观的基础上，其游地狱情节形成了一个固定化的模式，即入冥——与地狱引领者对答——目睹地狱之惨状——了解刑罚之因果——进入下一地狱——复活，宝卷用这一程式化的游地狱情节宣扬着其宗教思想和教化意旨。

在明清小说中宝卷的这种地狱观和游地狱情节多有呈现。如明末清初小说《醋葫芦》中写了都氏性妒及其家庭纠葛之事。其中有四回（十二回、十六回、十七回、二十回）写了有关游地狱的情节。其中第十二回写了波斯达那尊者（成

---

① 张灵：民间宝卷与中国古代小说 [D]. 上海：上海师范大学，2012：39。

② 对于《玉历至宝钞》的成书时间，如今学界并没有一个统一的说法（较可靠者，吉冈义丰考证此书产生于明代），但它对民间十王信仰的成熟与完善所起到的积极作用却得到学界的一致认可。对于此书的性质，学界既认定其为善书，亦视其为宝卷，其中《明清民间宗教经卷文献（续编）》第四册、《民间宝卷》第十二册均将其收录其中。

珪妾石女熊氏前身）魂游地狱一节写道：

> 再说波斯达那尊者，自从离却皮囊，随着一行乐从，不往天堂而去，亦不往西土而行，一径打从冥府进发。腾腾冉冉，不则一时，行过了几多渺茫去处，才入鬼门关来。一路自有那无数鬼王迎接，至如枉死城、刀山狱、黑暗狱、孽镜台、抽肠所、拔舌厅、油锅局、变相局，种种有司去处，俱有值日鬼卒、承行判官，俱来恭迎。看看来到一个殿庭左侧，只见雕栏画栋，屋脊刺天。波斯正待开口相问，却有持幡童子向前报道："禀上尊者，此间已是森罗殿了。请尊者升阶。"阶下鬼卒远见幢幡到来，即忙报与十王。十王便齐齐下阶出迎。且将十王圣号书后：一殿初江大王，二殿秦广大王，三殿宋帝大王，四殿五关大王，五殿阎罗天子，六殿变成大王，七殿泰山府君，八殿平等大王，九殿都市大王，十殿转轮大王。①

除了以上所涉地狱及鬼神，小说还写到孟婆神、活无常、死有分、血污池、酆都大帝、地藏王菩萨等。其实这一整套地狱结构与状貌皆来源于《玉历至宝钞》《十王宝卷》出现之后所定型的民间地狱观念。尤其小说中的十殿阎王之名称，虽然与此二者所记称谓略有不同，但借鉴模仿痕迹则清晰可见。

再如清代小说《济公全传》第一百五十回中对张士芳梦游地狱的描写：

> 阎罗天子在上面，往下一看，说："张士芳，你前世倒是积福做德，应在今世托生富贵人家，享安闲自在之福。不想你已所作非为，俱都是伤天害理，在外面寻花问柳，败坏良家妇女，损阴丧德。你又谋害你姑父王安士，今又想谋害表弟王全、李修缘，实属罪大恶极！来呀！鬼卒你带张士芳先过秦广王、楚江王、宋帝王、五官王、下城王、泰山王、都市王、平等王、转轮王、左三曹、右四曹、七十四司，然后带他游遍地狱。"
>
> 鬼卒一声答应，拉着张士芳见过十殿阎罗，然后来到一个所在。一瞧，有两个狰狰恶鬼，缚着一个人，拿刀割舌头。张士芳一看，说："鬼王兄，这是怎么回事？"公差说："这个人在阳世之间，好谈人闺阃，搬弄是非，胡言乱语，死后应入割舌地狱。"张士芳瞧着可怕。又往前走，有一个开膛摘心的，张士芳又问，鬼卒说："这个人在阳世瞒心昧己，好

---

① 伏雌教主：醋葫芦 [M]. 台北：天一出版社，1990。

淫邪盗，死后应入剜心地狱。”说罢又往前走，见有一座刀山，有几个大鬼，举起人来，就往上扳，都是刀尖冲上，轧得人身上鲜血直流，张士芳说：“这是因为什么？”鬼卒说：“这是不孝父母，打爹骂娘，恨天怨地，喝雨呵风，死后应上刀山地狱。”再往前走，一看，有一根铁柱，烧得通红，叫一个人去抱，不抱有大鬼就打，张士芳说：“这个怎么回事？”鬼卒说：“这人在阳世好淫妇女，败人名节，死后应抱火柱。”说罢又往前走，见有一座冰池，把人剥得赤身露体，卧在冰地冻着，张士芳一看就问，鬼卒说：“这人在生前唱大鼓书，专唱淫词，引诱良家妇女失身丧节，死后应该入寒冰地狱。”再往前看，有一个血池，有许多妇人在里面喝脏血，张士芳又问，鬼卒说：“这些妇人，有不敬翁姑的，有不惜五谷的，有不信神佛的，有不敬丈夫的，死后应该入污池喝血，此即血污池也。”看罢，又往前走了不远，再一看有一杠秤，吊着一个人的脊背，说这个人在生前专用大斗小秤，损人利己，就该这样报应。再一看，有倒磨磨的，有下油锅的，有千刀万剐的，有剥皮抽筋的，种种不一，都是在身前杀人放火，好盗邪淫，是些犯罪的人。张士芳游够多时，再一看有两座金桥银桥，有一个老者，长得慈眉善目，有两个金童银童，把着两把扇，每人手里托着一个盘子，盘子里有一把折扇，一块醒木。张士芳就问：“这个人为何这样清闲？”鬼卒说：“这个人在阳世说评书，谈今论古，讲道德，讲仁义。普度群迷，劝人行善。死后金童银童相送过金桥银桥，超生在富贵人家。凡在阳世修桥补路，放生，斋憎布道，冬施姜汤，夏舍凉茶，济困扶危，敬天地，礼神明，奉祖先，孝双亲，这些人死后必过金桥银桥。”张士芳自己点点头，不怪人说，“善恶到头终有报，只争来早与来迟”。张士芳游遍地狱，复又带他一见阎王爷，阎王爷吩咐：“把张士芳捺在油锅炸了吧！”鬼卒一声答应，眼瞧一个大油锅，烧得油滚滚的，沸腾腾的，把张士芳拿起来，往里就捺，吓得张士芳“哎呀”一声，睁眼一看，有一宗岔事惊人。[①]

这段张士芳梦游地狱的经历与上文所述宝卷固有的程式化游地狱情节十分相似，而与早期小说中那种简单的以纪实为主的入冥故事有一定的差异。所以，这

① 郭小亭：济公全传 [M]. 南京：凤凰出版社，2008：601-602。

也可以看作是宝卷在故事情节中对小说的影响。

当然，小说中所呈现出的这种地狱观以及游地狱情节并不一定是从宝卷中得来，也许是作者从佛教原典以及其他艺术形式中吸收过来，但佛教作为一种舶来品，其思想观念的传入，必然要利用众多媒介对其进行广泛传播，而宝卷作为变文的嫡系子孙，其与佛教之间的关系自然比其他文艺形式要紧密得多。虽然随着宝卷的发展，其宗教成分较为复杂，但其在佛教的传播上，还是有着得天独厚的优势。再加上宝卷自身所具备的易于被民众接受的表现特征，使其在传播佛教、促进民间信仰的形成上，发挥着极为重要而又难以替代的作用。其实那些具有宗教色彩的小说，其素材多是直接来源于作者日常的生活体验，而这种生活体验往往又是从坊间传闻、宗教宣传等民俗环境中得来，经作者筛选、整合后进入小说体系，而这些内容所呈现出来的即是一种民间信仰的文学折射。另外，一种外来思想的进入，往往会先在底层民众传播开来，随着统治阶级的认可，知识阶层的传播，才逐步形成固定的思想观念，因而，民间文学对精英文学在早期阶段往往具有这种自下而上的影响。从这个角度来说，小说中的地狱观又难免受到宝卷的影响。

在一定程度上，小说虽然会吸收宝卷中的一些地狱观念，但在其运用上还是有一定取舍的。二者虽然都是俗文学，但相对而言，小说的文学性要强得多，其思想方面也会表现出较强的文人意识。这主要体现在小说中所呈现出的儒家思想观及对现实的批评性。

由于宝卷自身宗教色彩比较浓重，其一切故事演说都是为劝教宣教服务的，即使讲述世俗文学的民间宝卷，其宗教性自始至终都是存在的。而游地狱模式又是宝卷进行有效劝教宣教的重要手段，以此来强化它的宗教观和果报观。其实小说中的游地狱情节也会宣扬一定的宗教性，如《喻世明言》中的胡母迪，在其巡游地狱之后，写道："自此绝意干进，修身乐道。"[①] 又如袁枚的《子不语》《续子不语》，纪昀的《阅微草堂笔记》均多写入冥故事，但他们多以实录的态度对其描述，欲使读者相信冥界之事真实存在。

当然，有不少明清小说在运用地狱情节时突破了一定的宗教束缚，传递着作者自身的儒家思想观。如《三宝太监西洋记通俗演义》在写王明游地狱时，介绍

① 冯梦龙：喻世明言 [M]. 杭州：浙江古籍出版社，2010：286。

冥府有赏善行台和惩恶行台。赏善行台中有“笃孝之府”，其中“都是事父母能竭其力，笃孝君子”；有“悌弟之府”，其中“都是善事兄长，能尽弟道的君子”；有“忠节之府”，其中“都是为国忘家忠臣烈士”；有“信实之府”，其中“都是言而有信，笃实君子”；有“谨礼之府”，其中“都是谦卑、逊顺、守礼君子”；有“尚义之府”，其中“都是义重如山的君子”；有“清廉之府”，其中都是清正廉洁、大公无私之人；有“纯耻之府”，其中都是正义刚直，拒与小人为友之人。而刑罚台里则是按不孝、不悌、不忠、不信、无礼、无义、无廉、无耻八类划分，来关押“一等恶人”。又如《说岳全传》第七十三回，写胡迪醉后遍游地狱，参看了“普掠之狱”“奸回之狱”“不忠内臣之狱”，其中关押的都是历代奸佞之辈，如万俟卨、蔡京、十常侍、李辅国等人，还目睹了秦桧受到“风雷之狱”“金刚之狱”“火车之狱”“冷溟之狱”之酷刑，并将沦为牛羊猪犬，使人烹剥食肉。而岳飞、张宪等英雄人物则为星官下凡，欲要加封归位。这种地狱间的善恶赏罚标准显然是以忠孝节义等伦理道德为参照，并不是以宝卷那种修行与否及对佛家的态度为标准。所以，此类游地狱情节的小说，其宣扬果报观时所采用的劝惩手段，可以说其外壳是佛家的，而内涵以及善恶标准、报应尺度都是依据儒家的道德伦理观。

还有一些明清小说运用游地狱情节来作为批判现实的手段。小说家往往利用冥府来影射人间世界，通过对冥界黑暗的揭露来表达对现实世界的不满。其中最有代表性的即为《聊斋志异》卷六《考弊司》，写一秀才因贫穷未能贿赂考弊司而受迫害，作者借闻人生之口对此进行了控诉:“惨惨如此，成何世界！”卷十《席方平》同样描写了一个“尽是阴霾”“铜臭熏天”的冥府。作者用犀利的文字对冥府司法的黑暗进行了深刻披露，以此来表达其对现实世界的愤慨与反抗。类似的明清小说还有《何典》《轮回醒世》《斩鬼传》《醒游地狱记》等，都是以地狱意象来比喻现实社会，并对它的腐朽黑暗进行有力的批判，以此来表达作者对现实世界的失望和对社会公正清明的企盼。

明清小说中的游地狱情节在受宝卷影响的同时，既有对它的吸收运用，又有对它的扬弃突破，二者间不同的表达，也体现了创作者不同的文化心理、价值观念和审美旨趣。同时也说明了民间文学与文人文学之间的彼此渗透、相互作用、共同发展。

二、小说吸收宝卷演说内容

《西游记》作为一部世代积累型小说，在百回本成书之间，西游故事以多种形式、多种渠道流传、演绎着，经过漫长的历史沉淀后，最终于“天才”作家笔下得以定型。这种滚雪球的成书方式，自然吸收、融合了多种故事素材，无论是小说系统的传奇、笔记，还是说唱系统的《取经诗话》《西游记平话》，抑或是戏剧系统的《西游记》杂剧等，都是《西游记》成书的重要坐标。而作为说唱文学的宝卷，其实也参与到《西游记》成书进程中。虽然涉及西游故事的宝卷有其自身的发展轨迹，与百回本小说的交互性不是很强，但不可否认的是，在同一个故事体系中，这些宝卷确实影响了《西游记》的成书。

在《西游记》第十二回“唐主选僧修大会，观音显像化金蝉”中，唐王为唐僧饯行敬酒时，深切地嘱咐了一句：“日久年深，山遥路远，御弟饮此酒：宁恋本乡一捻土，莫爱他乡万两金。”[①]这一细节无论在杨景贤《西游记杂剧》，还是在朱鼎臣《唐三藏释恶传》、杨致和《西游记传》等多个西游故事文本中都未出现，但在元末明初的魔公教宝卷《佛门取经道场·科书卷》《佛门西游慈悲宝卷道场》[②]和“与百回本生成传播时空仿佛的江淮神书”[③]——《唐僧取经》中皆有出现。《佛门取经道场·科书卷》写道：“御手搭肩上，金口劝唐僧。寡人亲嘱咐，早早便回程。宁作本乡一块土，莫念他乡万两金。”[④]《佛门西游慈悲宝卷道场》写道：“御驾饯送出城，金口嘱咐：取得真经早回。御酒三杯，金手撣尘玉盏，是时三藏不改其故。（唱）宁吃本乡一块土，莫受他乡万两金。”[⑤]《唐僧取经》写道：“人王天子开金口，喊道僧卿听孤君。非是孤家来撮土，有个缘故在其中。愿恋东都一撮土，莫恋佛国万卷经。”[⑥]由此可见，百回本小说中的“宁恋本乡一捻土，莫爱他乡万两金”与两种宝卷中的记载更为相似。虽然神书中的“莫恋佛国万卷经”更符合唐僧人物的形象设置，但小说还是沿用了宝卷的说法。或许“（莫爱他乡万两金）实乃民间流行既久的习语，泛用于离乡远行者，西游故事讲述者搬来用于唐王身上，‘神书’对其进行了更符合人物、情节的改动，但习语在民间已相对固化，‘神

---

① 西游记证道书 [M]. 长沙：岳麓书社，2008：95。
② 陈毓罴：新发现的两种《西游宝卷》考辨 [J]. 中国文化，1996（1）：48-58。
③ 赵毓龙：西游故事跨文本研究 [M]. 北京：中国社会科学出版社，2016：317。
④ 王熙远：桂西民间秘密宗教 [M]. 桂林：广西师范大学出版社，1994：439。
⑤ 王熙远：桂西民间秘密宗教 [M]. 桂林：广西师范大学出版社，1994：518。
⑥ 姜燕：香火戏考 [M]. 扬州：广陵书社，2007：362-363。

书’影响较小，故未能在百回本中保留下来”[①]。所以，作者在小说的编写中采用了影响较为广泛，且适合于民众心理认知的宝卷说法。

在《西游记》第八十五回“心猿妒木母，魔主计吞禅”中，孙悟空与唐僧言及《心经》时，说到四句颂子：“佛在灵山莫远求，灵山只在汝心头。人人有个灵山塔，好去灵山塔下修。”[②] 其实就是借孙悟空之口向唐僧强调求佛的关键在于修心——“但要一片志诚，雷音只在眼下。似你这般恐惧惊性，深思不安，大道远矣，雷音亦远矣”[③]。而在四句偈子早在罗教的《五部六册》中反复提到。如《破邪显正钥匙宝卷》中解说如何修法时，不断说道：“佛在灵山莫远求，三宝只在人心头。本性就是真三宝，万法归一一篮收。”“佛在灵山莫远求，三宝只在人心头。凡所有相皆虚妄，离了诸相现金身。”“佛在灵山莫远求，灵山就是本性人。本来面目真净土，临危之时显光明。”“佛在灵山莫远求，如来只在我心头。觉照自己见佛祖，认得自己莫远寻。”“佛在灵山莫远求，可怜念佛迷路人。迷人念了千千万，死后受苦见阎君。”“佛在灵山元是我，识这无生出奈何。无生便是真如意，自己元是古弥陀。”“何为如来之所，科仪云：佛在灵山莫远求，灵山只在汝心头。”[④] 虽然有个别言语上的差别，但其基本论说形式和核心意旨是一致的。同样《正信除疑无修正自在宝卷》亦说道：“佛在灵山莫远求，灵山只在汝心头。人人有个灵山塔，好去灵山塔下修。”“佛在灵山莫远求，灵山只在汝心头。人人有个灵山塔，迷人自向外边求。”“你求西方生死路，佛在灵山莫远求。西方净土人人有，本性西方净土天。”[⑤] 两者在文字方面，更是趋于一致。由于《五部六册》首刊于正德四年（1509），远早于百回本《西游记》的成书时间，且罗教在民间影响又十分广泛，所以这种借鉴、模仿痕迹一目了然。其实这四句偈子也并非《五部六册》首创，早在宋代的民间化佛教经卷《金刚科仪》[⑥] 中就已出现，而经车锡伦先生考证，这部由南宋时期的宗境编述的《金刚科仪》是现存最早的宝卷。[⑦] 所以，百回本《西游记》对这四句偈语的运用，即使不是从“五部六册”中得来，也应是从《金刚科仪》中借鉴而来。总之，在这一点上，百回

---

① 赵毓龙：西游故事跨文本研究 [M]. 北京：中国社会科学出版社，2016：169。
② 西游记证道书 [M]. 长沙：岳麓书社，2008：601。
③ 西游记证道书 [M]. 长沙：岳麓书社，2008：601。
④ 濮文起：民间宝卷 · 1[M]. 合肥：黄山出版社，2005：267、274、274、318、343、363、366。
⑤ 濮文起：民间宝卷 · 1[M]. 合肥：黄山出版社，2005：412、424–425、439。
⑥ 濮文起：民间宝卷 · 7[M]. 合肥：黄山出版社，2005：170。
⑦ 车锡伦：中国宝卷研究 [M]. 桂林：广西师范大学出版社，2009：65–72。

本《西游记》吸收了宝卷的元素。

在《西游记》第九十八回“猿熟马驯方脱壳，功成行满见真如”中，有唐僧师徒取假经这一情节。即阿难、迦叶向唐僧索要人事未果，遂将无字经给予他们，燃灯古佛得知此事后，便授意白雄尊者前去抢夺，唐僧师徒随即发现所取经书皆为无字，于是返回雷音寺责问如来，最后唐僧将紫金钵盂送与阿难、迦叶，才取回有字真经三十五部，五千零四十八卷。此情节在百回本小说之前的西游故事中多无出现[①]，领经过程都较为顺利。《西游记杂剧》写道：“（大权云）教弟子每般经装在龙马身上。（行者云）领法旨！我递，猪八戒、沙和尚接。《金刚经》《心经》《莲花经》《楞伽经》《馒头粉汤经》。”[②]神书《唐僧取经》写道：“如来佛一看见心中欢喜，叫文殊和普贤快取真经。珠宝楼有经文数万余卷，把真经来取交与唐僧。……不得多不得少只得七卷，把真经来封起交与唐僧。”[③]《佛门西游慈悲宝卷道场》写道：“世尊便唤惠安推开宝藏，从头捡点，付与唐僧亲自收拾，急早回程。”[④]虽然此三种文本在开藏传经者及所取经书名目、卷数上有所不同，但唐僧师徒都是一次性取得“真”经，没有像百回本小说中那样经历了一次授予假经的波折，整个取经过程较为简单顺畅。然在《佛门取经道场·科书卷》中也有唐僧师徒取无字经的情节：

> 三藏师，一路行，忧心不尽。方才道，佛国里，大觉雷音。到灵山，见佛境，赛过西天。入雷音，见圣容，殷勤礼拜。师徒们，在佛前，一齐下拜。愿我佛，发慈悲，大转法论。佛如来，就吩咐，惠安和尚。唐王主，差三藏，来取真经。连忙去，开宝藏，来点经卷。从头看，交真经，细说分明。佛慈悲，经万卷，济生因果。咐唐僧，清净拾，即便回程。从东土，到西天，十万余里。遇妖精，前拦路，抢取真经。众徒弟，神通大，腾云驾雾。把妖精，除灭了，夺回真经。将真经，展开看，全无一字。师徒们，一见了，胆战心惊。急转至，世尊前，从头苦告。说惠安开经处，问要金银。取假经，到东土，唐王见罪。师徒们，很费心，

① 朱鼎臣《唐三藏西游释厄传》与杨致和《西游记传》有此情节，且与百回本描写相似。虽然有学者（如柳存仁、陈新等）认为朱本与杨本为百回本之前本，但从胡适、孙楷第、郑振铎到李时人、张锦池等先生皆考证此二者为百回本的删节本，此观点也得到了学界的普遍认同。

② 胡胜，赵毓龙：西游记戏曲集 [M]．北京：人民文学出版社，2018：113。

③ 朱恒夫，黄文虎：江淮神书 [M]．上海：上海古籍出版社，2011：507-508。

④ 王熙远：桂西民间秘密宗教 [M]．桂林：广西师范大学出版社，1994：520。

六年辛苦。佛如来，唤惠安，跪在殿前。将素珠，轮在手，八寸原因。你如来，财心动，迷心不改。把咽喉，来锁住，送了残生。惠安师，慌张了，从头捡点。付唐僧，亲收拾，白马驮回。前驮着，华严经，真经一卷。中驮着，妙法经，七卷连品。右驮着，楞严经，神咒神本。大姆佛，孔雀经，药师真经。三皈依，妙赞音，花香灯水。礼宝忏，诠真文，诸品真经。①

虽然宝卷这一情节描写与百回本小说略有不同，如授经者是惠安而不是阿难、迦叶，抢经者是妖精而不是白雄尊者。另外，取经名目也不尽相同，但整个情节构架是相同的，即传经者索要人事——付与唐僧师徒无字经——经书被抢而发现内无一字——返回雷音寺责问如来——取回“真”经。所以，百回本为丰富故事情节，增加取经的困难性，在最后取经环节中借鉴了宝卷情节，并加以改写。当然，此宝卷的取经故事来源于《西游记平话》②，与百回本小说相同，所以，也有可能存在这一种情况：《西游记平话》中就存在这一情节，百回本小说直接取材于平话而非宝卷。但《西游记平话》是否存有这一情节描写已无法得知，就现有材料而言，介于《西游记平话》与百回本小说之间的《佛门取经道场·科书卷》，在一定程度上影响着“积累型”百回本小说的形成，这种影响效果即使不是在直接作用下产生的，也应是在间接作用下生成的。

宝卷对百回本西游记的影响，除了以上几点分析，其宗教譬喻③的话语形式也对小说的生成产生一定的作用。

《西游记》是一部以唐僧取经为故事框架的通俗小说，这种题材渊源自然表明其以佛教为文化根基。在流传的西游故事中，像《大唐三藏取经诗话》、杨景贤的《西游记杂剧》等都带有浓厚的佛教色彩，然而在百回本小说中，其包含的宗教思想有了很大的变化，即全真教色彩更为浓重。明清时期很少有批评家以佛家视角来解读《西游记》，更多的是以金丹大道来诠释《西游记》，如汪象旭的《西游证道书》、陈士斌的《西游真诠》、刘一明的《西游原旨》、张含章的《通易西游正旨》、含晶子的《西游记评注》等，无一不视《西游记》为“证道书”。这种

① 王熙远：桂西民间秘密宗教 [M]．桂林：广西师范大学出版社，1994：495-496。
② 陈毓罴：新发现的两种《西游宝卷》考辨 [J]．中国文化，1996（1）：48-58。
③ 由于《西游记》内容多与道教相关，蕴含着“丹道”思想，这里的宗教譬喻指道教内丹与外丹之间对象和位置的对应。

解读直至鲁迅、胡适等人的批判后——“此书则实出于游戏，亦非语道……尤未学佛”①。“《西游记》被这三四百年来的无数道士、和尚、秀才弄坏了”②——方才暂歇。虽然这种解读不免有过度诠释之嫌，但导致这种现象的原因并不只在于评点者单方面的凭空臆造，关键小说本身与宗教有着密切的关系。我们不可否认小说中存在大量的道教诗词与术语。

柳存仁先生通过分析对比，认为百回本中不少诗词来源于全真教道士之作，如冯尊师的《苏武慢》、马钰的《南柯子·赠众道友》、张伯端的《西江月》等③。陈洪先生在柳存仁先生考证的基础上，进一步爬梳出小说八十七回引首源自冯尊师之词。并指出小说中存在大量的内丹修炼术语，如“金公”“木母”“黄婆”“姹女”“婴儿”“元神”“刀圭”“水火”等。④而且考究出小说中的“心猿”一词，很少见于其他文本，却在王重阳、马钰的诗文中多次出现。⑤由此，两位先生皆认定在西游故事流传过程中，存在一个“全真本”《西游记》。百回本中存在的这些客观文字事实，是明清以来不断有诠释者索隐其深意的根本原因。

这种“丹道”思想在百回本成书之前确实已经存在，世德堂本前的陈元之的序中提到了小说的旧序内容：“旧有叙，余读一过……其叙以狲，狲也，以为心之神。马，马也，以为意之驰。八戒，其所戒八也，以为肝气之木。沙，流沙，以为肾气之水。三藏，藏神、藏声、藏气之三藏，以为郛郭之主。魔，以为口耳鼻舌身意恐怖颠倒幻想之障。故魔以心生，亦以心摄。是故摄心以摄魔，摄魔以还理。还理以归之太初，即心无可摄。此类以为道道成耳。此其书直寓言者哉！彼以为大丹丹数也，东生西成，故西以为纪。”⑥这种“心猿意马”“肝木肾水”之言已充斥着宗教譬喻之意。可以肯定的是在《西游记平话》之前，西游故事并未有“丹道”思想的体现，所以“全真教和《西游记》的结缘似只能在《平话》和世德堂百回本之间的某个环节”⑦。

而从明初《西游记平话》至万历二十年（1592）“世德堂本”的出版这200

① 鲁迅：中国小说史略 [M]. 上海：上海古籍出版社，1998：115。
② 胡适：中国章回小说考证 [M]. 上海：上海书店，1980：366。
③ 柳存仁：和风堂文集 [M]. 上海：上海古籍出版社，1991：1319-1382。
④ 陈洪，陈宏：论《西游记》与全真教之缘 [J]. 文学遗产，2003（6）：110-120。
⑤ 陈洪：从孙悟空的名号看《西游记》成书的“全真化”环节 [J]. 中国高校社会科学，2013（4）：69-94。
⑥ 蔡铁鹰编：西游记资料汇编 [M]. 北京：中华书局，2010：577。
⑦ 胡胜：《西游记》与全真教关系辨说：以“车迟斗圣”为中心 [J]. 社会科学辑刊，2016（6）：165。

余年间，正是西游故事与民间宗教紧密结合的一个时期。无论是明初魔公教的《佛门取经道场·科书卷》《佛门西游慈悲宝卷道场》，还是正德年间罗教的“五部六册”，都借用西游故事来宣扬各自教义、教理。但此时的西游故事尚未言及金丹大道。而将丹道思想引入宗教宝卷的是嘉靖时期罗教的第二代传人秦洞山，他发展了罗教的教义，改变了罗教之前以佛教为主的教派思想，引入道教的内丹学说。他将“五部六册”所反对的炼内丹、修长生等内容编入了自撰的《无为了义卷》，“对炼外丹、烧铅汞、服食仙丹药丸，秦洞山是坚决反对的。然而，他却不反对炼内丹。在宝卷里曾有几处专门谈到炼内丹”①。由于罗教在民间宗教中影响力较强，这种教义的变化，自然对之后教派宝卷引用西游故事，并涂抹上金丹大道色彩产生一定的影响。也正因如此，蔡铁鹰先生则认为，《西游记》中“丹道”话语的始作俑者即是罗教。②

自从嘉靖年间后，教派宝卷中的西游故事普遍涉及金丹大道。标记嘉靖三十四年（1555）的《清源妙道显圣真君一了真人护国民忠孝二郎宝卷》③：“二郎宝卷内藏真，唐僧譬语不离身。行者八戒白龙马，沙僧譬在血脉中。……老唐僧，为譬语，不离身体。孙行者，他就是，气孔之心。猪八戒，精气神，养住不动。白龙马，意不走，锁住无能。沙僧譬，血脉转，浑身运动。人人有，五个人，遍体通行。”④ 嘉靖三十七年（1558）的黄天教经卷《普明如来无为了义宝卷》：“锁心猿，合意马，炼得自乾。真阳火，为姹女，妙理玄玄。朱八戒，按南方，九转神丹。思婴儿，壬癸水，两意欢然。沙和尚，是佛子，妙有无边。走丹砂，降戊巳，水火安然。离四相，战天魔，万法归圆。舍全身，供龙天，普施贤良。”⑤ 嘉靖三十七年（1558）的黄天教经卷《佛说利生了义宝卷》：“炼东方，甲乙木，行者引路。炼南方，丙丁火，八戒前行。炼北方，壬癸水，沙僧玄妙。炼西方，庚辛金，白马驼经。炼中方，戊己土，唐僧不动。黄婆院，炼就了，五帝神通。”⑥ 万历初年之《钥匙佛宝卷》：“当初有，唐三藏，取经发卷。人朝化，普云僧，细说天机。谁知道，心是佛，唐僧一位。孙悟空，是行者，捉妖拿贼。猪八戒，是

① 马西沙，韩秉方：中国民间宗教史 [M]. 北京：中国社科出版社，2004：179。
② 蔡铁鹰：《西游记》“金丹大道”话头寻源：兼及嘉靖年间民间宗教对取经故事的引用和改造 [J]. 宗教学研究，2012（3）：32–36。
③ 陈宏在《〈二郎宝卷〉与小说〈西游记〉关系考》中认定此宝卷成于万历四十五年之后。
④ 濮文起：民间宝卷·4[M]. 合肥：黄山出版社，2005：645。
⑤ 濮文起：民间宝卷·2[M]. 合肥：黄山出版社，2005：367。
⑥ 陈宏：《二郎宝卷》与小说《西游记》关系考 [J]. 甘肃社会科学，2004（2）：7。

我精，贯穿一体。沙和尚，是命根，编我游记。有白马，我之意，思佛不断。走雷音，朝暮去，转转围围。”① 由以上材料可以看出，在百回本成书之前，西游故事多在民间宗教中流传，又由于这些教派在不同程度上受到全真教的影响，所以在布道中往往将唐僧五众与内丹修炼相关联。虽然这种宗教譬喻与百回本多有不同②，且也不可确知两者之间的必然联系，但可以确定的是，“这种话语构造形式，是由宝卷文本系统赋予西游故事的”。同时，“这种叙述活动对故事产生了相当深远的影响，从百回本本身的宗教譬喻，至以后诸家各擅宗途、渐行渐远的证道性阐释，其实都可视作这些小漩涡在后世产生的大波澜”③。所以，这些民间宗教为布道需求，将金丹道引入所演说的取经故事中，可以说是为百回本中的全真化书写做了一次预演。当然，或许如先前学者所言，在百回本之前存在一个“全真本”《西游记》，至于此本与上述西游宗教宝卷孰前孰后，谁影响了谁，学界有不同看法④，还难以界定。但至少可以认为，在同一时空（嘉靖前后），在全真教盛行的社会风气下，两者在演述同一故事时必然存在相互影响，且共同作用于百回本小说。

所以，西游宝卷在某些情节描写和宗教譬喻的话语结构上影响着百回本《西游记》的编写，虽然这种影响并不是很强烈，也并不一定是直接的，但不可否认，这些西游宝卷确实参与并推动着小说的成书。

第二节　宝卷推动小说的广泛传播

明清小说作为通俗读物，除了自身的传播流布，还得到其他文艺形式的不同演绎，得以广泛推广，而宝卷便是其借助的一种主要传播形式。

---

① 濮文起：民间宝卷·2[M]. 合肥：黄山出版社，2005：464。

② 如黄天教以孙悟空为东方甲乙木，猪八戒为南方丙丁火，沙僧为北方壬癸水，白马为西方庚辛金，唐僧为中央戊己土。而百回本小说中称悟空为金公（金），称八戒为木母（木），沙僧为黄婆（土），唐僧与白马则没有五行对应。

③ 赵毓龙：西游故事跨文本研究 [M]. 北京：中国社会科学出版社，2016: 159。

④ 蔡铁鹰在《〈西游记〉“金丹大道”话头寻源：兼及嘉靖年间民间宗教对取经故事的引用和改造》一文中倾向于西游宗教宝卷在“全真本”《西游记》前。罗兵在《“西游”宝卷研究》中则认定西游宗教宝卷在“全真本”《西游记》后。

一、宝卷扩大小说的接收群

明清小说虽然具有一定的通俗性，其创作之初预设的读者群往往也多指向下层民众，如《大宋中兴通俗演义・凡例》中言："句法粗俗，言辞俚野，本以便愚庸观览，非敢望于贤君子也耶！"[①] 梦藏道人《三国演义序》中言："正欲愚夫愚妇，共晓共畅人与是非之公。"[②] 林瀚《隋唐志传序》称："使愚夫愚妇一览可概见耳。"[③] 乐舜日《皇明中兴圣烈传小言》云："使庸夫凡民亦能披阅而识其事。"[④] 李海观《歧路灯序》亦言："撰《歧路灯》一册。田父所乐观，闺阁所愿闻。"[⑤]。这里提到的"愚庸""愚夫愚妇""庸夫凡民""田父"等均指向下层民众。然而，就实际情况而言，在明清时期的小说读者中，下层民众所占比例其实是相当小的。究其原因，主要局限于他们的购买力和文化程度相对低下。清中期之前，虽然小说刊印与销售已相当兴盛，但其价格却居高不下。如明万历年间姑苏龚绍山刊行的《新镌陈眉公先生评点春秋列国志传》，扉页记书价"每部纹价一两"[⑥]。又如明天启年间金阊舒冲甫刊刻的《新刻钟伯敬先生批评封神演义》，扉页记书价"每部定价纹银贰两"[⑦]。朝鲜李圭景《五洲衍文长笺散稿》卷七介绍《金瓶梅》时，载乾隆四十年"李谌始贸来，一册直银一两，凡二十册，版刻精巧"[⑧]。购买全套《金瓶梅》即需二十两纹银，在清代，一两银子能够买到 1 石大米，那么这二十两纹银就相当于二十石大米的价钱，已经远远超出了平民的消费能力。就万历年间的生活物价，《宛署杂记》中有所记载：活兔八只，四钱；梨十斤，五钱；雉鸡三只，三钱；鲤鱼（十二斤八两）一条，三钱；羊（二十斤）一只，三钱三分；猪（四十斤）一头，八钱；盐砖（四斤二两），四分一厘。[⑨] 同时其还记录了当时宛平力役（包括实役和募役，实役如陵园之役等，募役如各衙门之役等）的收入，其中"实役共计一千五十二名，通共该编银叁千捌百叁拾陆两陆钱"[⑩]，平均每人年收入约三两六；

---

① 熊大木：大宋中兴通俗演义 [M]. 嘉靖三十一年清白堂刊本，卷首。
② 罗贯中：三国演义 [M]. 崇祯五年遗香堂刊本，卷首。
③ 罗贯中：隋唐两朝志传 [M]. 万历四十七年龚绍山刊本，卷首。
④ 西湖义士：皇明中兴圣烈传 [M]. 明崇祯刊本，卷首。
⑤ 李海观：歧路灯 [M]. 上海：上海古籍出版社，1994：35。
⑥ 孙楷第：日本东京所见小说书目 [M]. 北京：人民文学出版社，1958：59。
⑦ 孙楷第：日本东京所见小说书目 [M]. 北京：人民文学出版社，1958：71。
⑧ 崔溶澈：中国禁毁小说在韩国 [J]. 东方丛刊，1998（3）：49-50。
⑨ 沈榜：宛署杂记 [M]. 北京：北京古籍出版社，1983：121-126。
⑩ 沈榜：宛署杂记 [M]. 北京：北京古籍出版社，1983：52。

"募役共计壹百玖拾柒名，通共编银壹千肆百玖拾贰两捌钱"①，平均每人年收入约七两六。另外据《明会要·职官十五》《明史·食货志·俸饷》记载，万历年间如翰林院侍书、校书、国子监学政等九品官员其俸禄每月约五石大米，当时的米价每石约为六钱五分②，折银月俸约三两六钱。比对可知，一部《封神演义》的价钱，就一般百姓而言可以买足够的生活用品；对于力役而言则占了他们年收入的相当一部分；即使底层官员，这价格也接近他们月俸的三分之一。可见小说书价之高并非一般百姓所能购买。从一些文献记载小说的购买者来看，其也多是家境颇富者，至今尚未发现贫民对通俗小说购买的记载。书价的偏高可以说在一定程度上限制了小说传播的广度及接收群体的扩大。

然而，在一些文献中又明确记载了小说被认知的广泛程度，如袁宏道《东西汉通俗演义序》载："今天下自衣冠以至村哥里妇，自七十老翁以至三尺童子，谈及刘季起丰沛、项羽不渡乌江、王莽篡位、光武中兴等事，无不能悉数原末，详其姓氏里居。自朝至暮，自昏彻旦，几忘食忘寝，聚讼言之不倦。"③许宝善《北史演义叙》云："晋陈寿《三国志》，结构谨严，叙次峻洁，可谓一代良史。然使执卷问人，往往有不知寿为何人，《志》属何代者。独《三国演义》，虽农工商贾、妇人女子无不争相传诵。"④钱大昕《潜研堂文集》卷十七"正俗"曰："古有儒、释、道三教，自明以来，又多一教曰'小说'。小说演义之书，未尝自以为教也，而士大夫、农工商贾，无不习闻之，以至儿童、妇女、不识字者，亦皆闻而如见之，是其教较之儒释道而更广也。"⑤这里言及的"村哥里妇""老翁""儿童"以及"农工"之辈，可以说大都是文盲或准文盲之类属，但这些"不识字者"皆能对通俗小说"聚讼言之""悉数原末""闻而如见之"，这说明他们对小说的接收并非从文本中来，而是通过戏曲、说唱等艺术形式来间接获得这些小说内容的。其中，宝卷便是民间大众接受小说内容的主要艺术形式之一。

首先，小说借助宝卷文本得以传播。宝卷作为一种说唱形式，其传播渠道包括文本传播和口头传播，这本身就比小说单一的文本传播方式多样。就文本传播而言，宝卷多以抄本流通于世，虽然晚清之后宝卷刊印逐渐盛行，但民间宝卷的

① 沈榜：宛署杂记 [M]. 北京：北京古籍出版社，1983：53。
② 宋莉华：明清时期的小说传播 [M]. 北京：中国社会科学出版社，2004：357。
③ 袁宏道：袁中郎随笔 [M]. 北京：中华工商联合出版社，2016：259。
④ 朱一玄，朱天吉：明清小说资料选编 [M]. 天津：南开大学出版社，2012：129。
⑤ 钱大昕：潜研堂文集 [M]. 清刻本，卷十七：12。

抄写仍延续不断。张颔先生介绍其在介休所见的宝卷时，即言："所流传的'宝卷'却没有一本是刊本或石印本，都是手抄本……我所见的抄本远自乾隆五十三年近至民国二十三年，在介休虽然没有刊行的'宝卷'，而能在民间抄写流传三百年左右。"① 车锡伦先生亦言："700 多年来留下了大量的卷本，其版本有手抄本、印刷本（包括木刻、石印、铅字排印本），而尤以手抄本为多。"② 据车锡伦先生的《中国宝卷总目》统计，其所收录的传世宝卷抄本有 3100 余种，而刊印本则有 1300 余种，其数量之间的差别可见一斑。

当然，宝卷的文本抄写有着其内在的特殊原因，而其在借鉴小说内容上，对小说的传播确实起着一定的推动作用。上文已述，小说价格较高，下层平民难以对其购买进行阅读，而对于那些经济水平较低但又识文认字的大众读者而言，抄写则是一种节省财力，又便于实施的方法。如据小说《二度梅全传》改写的《佛说忠良仁义贤孝宝卷》，最后记载了抄写者的抄写过程："太原府阳曲县杨遇春看过《二度梅》之书，内有真正良言，回到本土，寻访此书，道光拾叁年二月初一日抄完。倘有槎字槎言、失漏字题，如有念卷高明先生，更改更改。"可见是杨遇春读过小说《二度梅》之后，便回乡寻找此书对其进行誊抄，而不是购买。从其自言不免有错字、漏字处，可见其文化程度也不是很高。另言："此三册宝卷，费钱不多，计纸一百五十张，笔五支，墨一定三。"③ 这也正说明，以宝卷的形式抄录小说比直接购买小说要节省得多。宝卷多以抄本形式流传，一个重要的原因，在于抄录者认为这是一种积累功德的、虔心向善之举，可以说，抄录本身就是一种仪式，这也是由宝卷自身的宗教性和信仰性决定的。现存最早的宝卷《目连救母出离地狱生天宝卷》，即由脱脱抄写而成，卷末曰："普劝后人都要学目连尊者，坚心修道，报答父母养育深恩。若人写一本，流传后世，持诵过去九祖，照依目连一子出家，九祖尽生天。"④ 后世很多宝卷结尾处也常言："手抄一卷，功德无量。"可见在民间的信仰中，对宝卷的抄录是积功求福、避祸得善的厚德行为。杨遇春也正因为《二度梅》中有"真正良言"，才寻访此书，进行抄写。正是在这种节省财力和功德意识之下，宝卷在不断抄录中流布开来，宝卷所改编的小说原著也

① 张颔：山西民间流传的"宝卷"抄本 [J]．火花，1957（3）。
② 车锡伦：中国宝卷研究 [M]．桂林：广西师范大学出版社，2009：33。
③ 杨遇春：佛说忠良仁义贤孝宝卷 [M]．道光十三年抄本。
④ 脱脱：目连救母出离地狱生天宝卷 [M]．旧抄本。

在这种抄录过程中得以进一步传播。

其次，小说通过宝卷说唱扩大影响。当然，改编自小说的宝卷以抄录的形式传播，虽然节省了财力，但其传播的一个前提是抄录者具有一定的识字和写字能力。对于那些不具备这种能力的下层民众，誊抄宝卷便难以实行。而通过宝卷的说唱形式来获得对小说的认知，相较于对小说文本以及宝卷文本的接受而言，是一个更为简单直接的方式，也是最为主要和普遍的方式。文本阅读（抄录）是一种个人行为，而宝卷说唱则是一种集体行为，其受众自然也要比文本阅读（抄录）要广泛得多。

民间说唱形式，无论是鼓词、弹词，还是说书、子弟书等，发展到后期都具有一定的商业性质，受众都需要支付一定的费用，其实宝卷也是如此。但宝卷在不同地域中却呈现出不同的商业化程度。其在南方地区，娱乐性、商业化程度较高，已有职业的宣卷人或班社；而在北方地区，其娱乐性、商业化程度并不高，整体上没有出现职业的宣卷艺人，宣卷者多是一些僧尼、道人、念卷先生等。他们进行宣卷活动，并不以营利为目的，给念卷先生的报酬多是一些茶点，给僧尼、道人的则多是素斋和布施。如《金瓶梅》卷三十九回写吴月娘听尼姑宣《五祖黄梅宝卷》时，载："念了一回，吴月娘道：'师父饿了，且把经请过，吃些甚么。'一面令小玉安排了四碟素菜儿，两碟咸食儿，四碟糖薄脆、蒸酥、菊花饼、扳搭馓子。请大妗子、杨姑娘、潘姥姥陪着二位师父用一个儿。"[①] 这都记载了主人请宣卷者进家念卷并不需支付费用，只要饮食上尽量招待好即可。这种宣卷活动对于听众来说，既没有文化程度上的要求，又不必承担经济上的支出，只需备好日常茶点，这便大大降低了受众参与其中的门槛，这也必然会扩大宝卷的传播范围和受众群体，同样，被宝卷所吸收的小说故事、人物和情节，也会在这种宣卷活动中得到更为广泛的传播。

再次，小说因宝卷而增加女性受众。在明清时期的通俗小说读者中，虽然有一定的女性读者，一些文献也有记载，如朱一是《蔬果争奇》跋语言："今之雕印，佳本如云，不胜其观，诚为书斋添香，茶肆添闲。佳人出游，手捧绣像，于舟车中如拱璧。"[②] 但整体而言，此时的女性读者还是相对较少的，这与她们的受教育

① 兰陵笑笑生著，卜键校注：金瓶梅词话校注 [M]. 长沙：岳麓书社，1995：1054。
② 朱一是：蔬果争奇 [M]. 崇祯十五年清白堂刊本，卷首。

程度、社会地位和社会思想观念有关。而宝卷则不同，在很大程度上，其女性受众比例较大。对于女性信教，明清统治阶级其实是严令禁止的。《明会典》记载："正德十六年奏准，今后再有私并庵院寺观，私度僧道尼姑女冠者，拿问治罪，寺观拆毁入官。"[①]《清会典事例》载顺治十八年律例规定："凡妇女不许私入寺庙烧香，违者治以奸罪。"[②] 虽然这种政治规定会使得佛道的女性信徒有一定的减少，但这只是一种社会表面现象，实际上随着明清时期百余种民间宗教的兴起，如罗教、混元教、黄天教、圆顿教等，它们以各自的教义教理无形中影响着广大民众。此时，女性信教者其实是有增无减的。这与各教派扩大自身影响力、增加受众有一定的关系，也与广大女性为寻求心理慰藉、追求精神满足的现实需求相关。"从来妇女多信鬼神……原其因，不过欲求福耳。"[③] 所以，民间宗教中有很多女性信徒，有些教门的信奉之神或创教者皆为女性，如罗教尊奉的无生老母便是一位具有最高权威、统领诸神的至尊女神，随后各教派流传的瑶池老母、无极老母、圣母、祖母、佛母等，都是由其转化或分化成而来。其中弘阳教就造出折天老母、折地老母、后土老母、观音老母、九玄老母等数十位老母，她们掌握着天地间所有权力。在明代女性创立教派较早者为罗清之女——罗佛广，她创立了大乘教，后被信众尊奉为机留女。随之，米贝（东大乘教教主王森的再传弟子）创立了龙天道，其后被奉称为米老母、米菩萨、米奶奶。之后又有尼姑归圆创立了西大乘教，自称为无生老母与观音菩萨的转世。这些具有绝对权威和法力的女性神祇，在一定程度上吸引着广大底层劳动妇女。同时，在众多民间教派中，它们常常表现出对广大女性的关注、同情，甚至赞美。《普明如来无为了义宝卷》载："无生法，遍天垓，男女同修。"[④]《救苦忠孝药王宝卷》写道："或是男，或是女，从来不二。都仗着，无生母，一气先天。"[⑤]《混元弘阳血湖宝忏》载："一切女人，阳间为儿为女所造罪业，阴司血湖受苦无边。惟愿老祖广发慈悲之心，救度众生，一切妇女不入血湖之苦，得大逍遥之乐。祖师告曰：世间若有女人欲免血湖之苦，命请弘阳道众，启立血湖圣会，或一日、二日、三日、七日并一夜，请行法师，讽

① 徐溥等：明会典：卷一百四 [M]. 北京：商务印书馆，1936：2273。
② 昆冈等：钦定大清会典事例：卷五百三 [M]. 清石印本。
③ 蓝鼎元：女学 [M]. 四库全书存目丛书·子部·28[Z]. 济南：齐鲁书社，1996：534。
④ 濮文起：民间宝卷·2[M]. 合肥：黄山出版社，2005：355。
⑤ 救苦忠孝药王宝卷 [M]. 清刻本。

诵弘阳诸品赦罪真经。……凡世间一切妇女皆免堕血湖之苦。”[①] 或表现出一定的男女平等观，或言及拯救女性痛苦的方法。这些民间宗教所表达的对女性的关切和尊重，对处于社会底层受压迫、受束缚的广大妇女群体而言具有相对的抚慰作用，因此会极大地提高她们参与宗教活动的积极性，这也符合民间信仰的务实性与功利性特征。

在明清小说中也多有记载尼姑入宅宣卷（如《醒世姻缘传》《金瓶梅词话》）和尼姑于庵中宣卷（如《续金瓶梅》）的现象，其宣卷对象则多是大户人家的女眷。至于其中的缘由，正如车锡伦先生所分析：“形成这种格局的社会原因，还由于封建社会中妇女们不能外出听书、看戏，特别像西门庆之类的士宦人家的妇女。于是便请那些经常出入世俗人家的尼姑来家中宣卷，既满足了妇女们信仰的要求，又能娱乐身心。”[②] 所言甚是。一直以来，这种社会女性心理影响着一定的宣卷活动。顾颉刚在《苏州近代的乐歌》中就回忆道：“在我幼时，几个太太们嫌家里闷，常叫来唱（宝卷），做寿时更是少不了的。……妇女们既喜摊簧的洋洋盈耳，又喜宣卷的好说吉利话，故到现在仍极盛行。”[③] 除了大户之家的女眷，市井里妇亦是宣卷的主要对象，如明嘉靖时期的徐宪忠在《吴兴掌故集》卷十二载：“近来村庄流俗，以佛经插入劝世文俗语，什伍相聚，相为倡和，名曰‘宣卷’。盖白莲之遗习也。湖人大习之，村妪更相为主。”[④] 这里不仅指出了南方乡村地区宣卷的兴盛之貌，而且指出其中主要的受众即以“村妪”为主。

由上可知，女性群体是明清宝卷的主要宣卷对象，后期甚至还出现了“女子宣卷者”。正因为如此，民间出现了很多以女性形象为演说中心的宝卷。如《天仙宝卷》(《张四姐大闹东京宝卷》)、《三神姑下凡宝卷》《桃花女宝卷》《翠莲宝卷》《张氏三娘卖花宝卷》等。可以说宝卷拥有比小说更多的女性接受者，当那些吸收了小说因子的宝卷（如上所列），在宣演的同时，也将通俗小说的内容、元素等呈现在了这些女性受众面前，从而间接增加了小说的女性读者群。

---

① 濮文起：民间宝卷·6[M]. 合肥：黄山出版社，2005：123-124。
② 车锡伦：《金瓶梅词话》中的宣卷——兼谈《金瓶梅词话》的成书过程 [J]. 明清小说研究，1990（Z1）：368。
③ 顾颉刚著，钱小柏编：顾颉刚民俗学论集 [M]. 上海：上海文艺出版社，1998：349。
④ 徐宪忠：吴兴掌故集 [M]. 刘氏嘉业堂刊本，1914。

二、宝卷促进小说的经典化

文学作品要成为一部经典之作，需经过一个漫长的过程，它要经得起时间的沉淀和检验，即经过历史的汰洗后，被不同时空下的读者广泛接收并不断传诵。对文学作品经典性的分析往往通过两个方面：一是用审美的眼光来分析和判断，强调作品内在的美学价值和艺术水平；二是把它放在更为宏观的文化背景中去审视与评价，参看文本之外的文化传播因素对其经典的构建。所以，无论是文学作品精神内核的生成，还是外在文化环境的助推，都是构成其经典性的重要组成部分。只不过前者使得作品具备了经典性的品质，后者促使这种经典性得以确立。“没有传播，‘经典’的种子将无处发芽。”[①] 所以说，作品本身固然重要，但在其经典化的过程中，文化传播的推动作用亦不容忽视。当然，文化传播的手段也是多种多样，比如，文本的抄写、印刷出版、其他艺术样式的改编演绎、翻译等。就古典小说而言，宝卷更多的是作为一种外在的文化传播工具，通过改编的形式参与着一些小说文本走向经典、延续经典的进程。

《西游记》以其独特的思想内涵和艺术价值成为神魔小说中的经典之作，它的这种成就也是在文本广泛传播与读者广泛阅读基础之上实现的。而对于那些识字能力有限的广大受众来说，他们则需要通过其他艺术传播媒介来接收西游故事。所以，明清时期繁荣的戏曲、说唱艺术门类对《西游记》的不断改编、反复传唱，客观上也促进了其经典化进程。宝卷作为说唱艺术的代表形式，其演绎的西游故事有二十余种。如《安天会》《翠莲宝卷》《江流宝卷》《江流僧复仇报本宝卷》《李翠莲拾金钗大转皇宫》《三藏法师出世因由》《唐化钗宝卷》《唐僧宝卷》《唐僧出世宝卷》《唐王宝卷》《唐王游地狱李翠莲还魂宝卷》《西游宝卷》《长生宝卷》《蟠桃会》《猴王卷》《斋僧宝卷》《土地宝卷》《家堂宝卷》《天仙宝卷》等。它们或是直接讲述西游故事，或是涉及小说某些情节与人物，虽然有些内容与百回本存在一定的差异，但它以自身的民间思维及符合底层民众品位的艺术形式讲述着西游故事。宝卷对西游故事的这种反复演说，在一定程度上强化了受众对原文本的印象与认知，在这个持续的行为中，客观上推动着小说文本的普及与传承，延伸着它的传播时间，扩展着其传播空间。从这一角度讲，宝卷其实在小说经典化历

① 翁再红：走向经典之路：以中国古典小说为例 [M]. 南京：南京大学出版社，2014：117。

程中扮演着一个特殊的角色。

当然，这些西游宝卷在对小说文本进行改编时，在客观上有可能弱化小说文本的艺术性与文学性。像上文已述的《家堂宝卷》与《天仙宝卷》中的孙悟空，其中的形象完全成了一个天庭秩序的维护者，小说中原有的那种不畏权势、具有反抗斗争意识的精神品质全然消失，在一定程度上损害了其艺术形象。但从另一方面说，“清代孙悟空以齐天大圣之名头位列神班，频频出现于说唱文本中，说明该神祇形象（其形象符号：号齐天大圣，使金箍棒，原功七十二般变化，曾大闹天宫）已然在民间信仰中固化下来，而其之所以固化，无疑取决于百回本的重大影响，这是艺术形态反馈文化内容的一个经典案例”[①]。这其实就是一个互相作用的过程：经典小说影响着民间文化，民间文化又强化着小说的经典性。

另外，宝卷在更大范围内通过形象生动的“看”与“听”来进行传播活动，确实使小说故事流传得更为广泛。由于宝卷与小说文体存在着差异性，并且宝卷的受众远比小说的读者涉及面广，接收者的层次也更为复杂，所以宝卷对小说文本的改编便要考虑乡村细民的嗜好，从而避文就质，以符合这一接受群体的审美品位和文化心态。从艺术的角度来看这种改编形式未必是好的，但从传播的角度而言的确是有益的。正所谓：“一种是成功的创造性模仿从正面发掘、张扬了先前文学的价值和魅力，为先前文学的广泛传播提供了一种顺水推舟的推动力。文学作品在确立了自身的文本价值的同时，总能够有力地推动先前文学作品的传播……另一种是不成功的创造性模仿从反面衬托、彰显了先前文学的价值和魅力，为先前文学的广泛传播提供了一种逆风飞扬的托起力。有趣的是，即使模仿不成功，也能在一定程度上推动先前的文学作品的传播。”[②] 所以，无论宝卷对小说借鉴模仿的成功与否，这种改编行为本身，都在一定程度上对小说文本的广泛流传起着相应的积极作用。

除了《西游记》，宝卷根据自身特点所演说的八仙故事、封神故事、包公故事、关公故事等，无不是小说中的经典情节和人物，而宝卷对小说的这种借用，也是对小说文本的一次遴选。它从侧面上肯定了小说的艺术价值和文化活力，强调了小说的优秀性。同时，在遴选过程中它无意识地扩大了小说在更大范围内的传播，

---

① 赵毓龙：西游故事跨文本研究 [M]. 北京：中国社会科学出版社，2016：264。
② 王运涛：文学传播学论稿 [M]. 长春：吉林文史出版社，2005：169-170。

从某种意义上来讲，这也是中国古典小说实现经典化的一个特殊环节。“文学的跨文化交流与跨媒介重构是经典的传承与变迁的重要方面，不但可以使经典本身焕发出新的生命，折射出新的光彩，还可以帮助我们推进本民族文化的解构和建构。[①]”可以说，宝卷作为一种说唱文学，与其他艺术样式一同，在与小说的交互中，通过自身的方式促进着小说文本经典化进程。虽然宝卷在其传播和影响力上有一定的局限性，但不可否认，它通过对小说的借鉴与改编使得小说文本在某种程度上持续地活在读者的心中，以致成为公共经典。

小说中那些经典的文学形象和故事是在不断的文化积累和沉淀中通过作者的创作形成，之后便影响着其他文艺样式的创作。同时，对其在不同文艺的重述、再现中，又促进、巩固着它们的经典化特性。宝卷与那些小说中典型的人物和情节即是如此关系。

宝卷的文学性虽然不如小说，但在个别情节和内容上还是为小说提供了相应的素材，影响着小说的书写和成书。所以，同为俗文学的宝卷与小说，在文体发展演变过程中二者是相互作用的，只不过在内容结构上，宝卷对小说的反作用显得并不是那么强烈或明显，但是这种文学现象是不容忽视的。另外，宝卷对小说的影响除了文本内容方面之外，更多地在于文本之外的传播与推广方面。宝卷以它自身的通俗性、民间性、宗教性以及低成本性（民众的购买力和识字能力）极大促进了小说在社会底层间的传播，增加了小说的间接读者，使小说接受群体进一步得以扩大，也正是在这一传播过程中不断地强化和延续着小说的经典性。

① 傅守祥：文学经典的生成与传播研究 [J]. 温州大学学报，2018（1）：34。

结 语

中国古代通俗小说的研究成果早已浩如烟海，而宝卷虽然也有800余年的历史，但学界对它的研究却起步很晚。究其原因，一方面由于宝卷的民间通俗性没有引起传统学者的重视，另一方面也由于宝卷文献零散、缺失，难以形成系统深入的研究。尽管目前宝卷已经受到学界的重视，但与其他文学样式相比，相关研究仍然缺乏系统性和整体性。正如车锡伦先生所言“虽经过几代学者的努力，宝卷的研究实际上仍处于起步阶段”。但“它与其他民间演唱文艺（戏曲、曲艺）和俗文学（如小说）的关系；宝卷区域性的发展，及其与地区民俗文化的关系；当代宝卷演唱活动的存在空间和社会功能，等等。以上这些问题，有的已经被研究而尚无定论，有的则尚未被涉及”[①]。就本文的研究领域——小说与宝卷互动关系——而言，虽然早就引起研究者的关注，也产生过相关成果，但研究基本上停留在个案分析的层面，并没有从明清时期大的社会、文化背景出发，宏观地探索小说与宝卷的关系。只有张灵的博士论文《民间宝卷与中国古代小说》对宝卷与小说的关系进行了整体、系统的梳理，在二者的互动关系方面，更多地论述了小说对宝卷的影响，而在宝卷反作用于小说方面略显欠缺，这也是本文深入挖掘的地方。

在探讨小说与宝卷互动关系的过程中，相同题材的作品是研究的切入点，“不同的人以不同的文体而写出同一题材的作品，这些作品的意蕴互有出入或差异，构成相互‘阐释’或‘对话’的关系，形成‘互文性’”[②]。本文正是立足于小说与宝卷的互文性研究，探讨“案头叙事”与“场上叙事”、“文人构造”与“民间构造”之间的差异。

在梳理、比较小说与宝卷两种相同又相异的通俗叙事文体之后，着力于宝卷

① 车锡伦：中国宝卷研究·中国宝卷研究的世纪回顾 [M]. 桂林：广西师范大学出版社，2009：633。
② 董上德：古代戏曲小说叙事研究 [M]. 广州：广东高等教育出版社，2011：97。

对小说的接受与影响两个方面，详细讨论内容形式、改编方式、写作素材、传播影响等方面的互动关系，也更加明确过去研究视野的局限性，即仅仅强调小说对宝卷的单向强势影响，认为宝卷在接受影响时是消极的，忽视了它在重新表述原著故事时所具有能动性的艺术处理方式，尽管这些处理略显幼稚、粗糙，却是符合底层民众消费习惯和审美心态的，在宝卷对小说的接受过程中起到了积极的接受效果。而在宝卷对小说的影响方面，相关研究更加具有重要意义。过去，学界的研究视野多聚焦于小说对宝卷产生的深远影响，也习惯性地将宝卷作为研究小说时的一个参照系，并未意识到宝卷作为一种独立文本系统的存在。实则，宝卷与小说的关系不总是被动的，它对于小说的生产和传播具有积极意义，在小说成书方面，宝卷提供了宗教素材，也提供了更加贴近底层民众的叙事经验；在小说传播方面，宝卷的作用更加显著，它使小说得以在更广泛的流通渠道中传播。

参考文献

▲ 文本

[1] 车锡伦主编：中国民间宝卷文献集成·江苏无锡卷 [M]．北京：商务印书馆，2014。

[2] 观音菩萨全书 [M]．沈阳：春风文艺出版社，1987。

[3] 洪楩编辑，石昌渝点校：清平山堂话本 [M]．南京：江苏古籍出版社，1990。

[4] 霍建瑜主编：美国哈佛大学哈佛燕京图书馆藏宝卷汇刊 [M]．桂林：广西师范大学出版社，2013。

[5] 晋·陈寿撰，宋·裴松之注：三国志 [M]．北京：中华书局，1959。

[6] 李正中辑编：中国宝卷精粹 [M]．台北：兰台出版社，2012。

[7] 鲁迅：中国小说史略 [M]．上海：上海古籍出版社，1998。

[8] 路工编：孟姜女万里寻夫集 [M]．北京：中华书局，1958。

[9] 马西沙主编：中华珍本宝卷 [M]．北京：社会科学文献出版社，2015。

[10] 明·安遇时：包龙图判百家公案 [M]．杭州：浙江古籍出版社，1996。

[11] 明·冯梦龙：警世通言 [M]． 北京：人民文学出版社，1956。

[12] 明·吴承恩：西游记 [M]．长沙：岳麓书社，2008。

[13] 明·杨致和：西游记传 [M]．北京：人民文学出版社，1984。

[14] 明·杨尔曾：韩湘子全传 [M]．上海：上海古籍出版社，1990。

[15] 明·朱鼎臣：唐三藏西游释厄传 [M]．北京：人民文学出版社，1984。

[16] 清·钱彩著，清·金丰编著：说岳全传 [M]．北京：中华书局，2009。

[17] 清·天花主人：二度梅全传 [M]．济南：山东文艺出版社，1986。

[18] 尚丽新编著：宝卷丛抄 [M]．太原：三晋出版社，2018。

[19] 宋·罗烨：醉翁谈录 [M]．上海：古典文学出版社，1957。

[20] 宋·孟元老：东京梦华录 [M]．郑州：中州古籍出版社，2010。

[21] 宋·周密：武林旧事 [M]．钱之江，注．杭州：浙江古籍出版社，2011。

[22] 王国平主编：西湖文献集成 [M]. 杭州：杭州出版社，2004。
[23] 王见川主编：明清民间宗教经卷文献 [M]. 台北：台北新文丰出版公司，1999。
[24] 王见川主编：明清民间宗教经卷文献续编 [M]. 台北：台北新文丰出版公司，2006。
[25] 王学斌纂集：河西宝卷集粹 [M]. 北京：中国人民大学出版社，2010。
[26] 洗桐轩主人：全图韩湘宝卷 [M]. 北京：中央民族学院出版社，1991。
[27] 徐永成主编：金张掖民间宝卷 [M]. 兰州：甘肃文化出版社，2007。
[28] 张旭主编：山丹宝卷 [M]. 兰州：甘肃文化出版社，2007。
[29] 中国・河阳宝卷集 [M]. 上海：上海文化出版社，2007。
[30] 中国常熟宝卷 [M]. 苏州：古吴轩出版社，2015。
[31] 周燮藩主编，濮文起分卷主编：中国宗教历史文献集成・民间宝卷 [M]. 合肥：黄山书社，2005。

▲学术著作

[1] 车锡伦：中国宝卷研究 [M]. 桂林：广西师范大学出版社，2009。
[2] 车锡伦编著：中国宝卷总目 [M]. 北京：北京燕山出版社，2000。
[3] 陈大康：明代小说史 [M]. 北京：人民文学出版社，2007。
[4] 陈平原：中国俗文学 [M]. 北京：北京大学出版社，2011。
[5] 程毅中：宋元话本 [M]. 北京：中华书局，2003。
[6] 程毅中：宋元小说研究 [M]. 南京：江苏古籍出版社，1999。
[7] 董上德：古代戏曲小说叙事研究 [M]. 广州：广东高等教育出版社，2011。
[8] 段宝林：中国民间文学概要 [M]. 北京：北京大学出版社，2002。
[9] 傅修延：中国叙事学 [M]. 北京：北京大学出版社，2015。
[10] 胡胜，赵毓龙校注：西游戏曲集 [M]. 北京：人民文学出版社，2018。
[11] 胡胜：明清神魔小说研究 [M]. 北京：中国社会科学出版社，2004。
[12] 胡士莹：话本小说概论 [M]. 北京：商务印书馆，2011。
[13] 胡适：白话文学史 [M]. 南京：江苏文艺出版社，2013。
[14] 纪德君：在书场与案头之间：民间说唱与古代通俗小说双向互动研究 [M]. 北京：文化艺术出版社，2009。

[15] 姜燕编著：香火戏考 [M]．扬州：广陵书社，2007。
[16] 李永平：禳灾与记忆 [M]．北京：中国社会科学出版社，2016。
[17] 刘永红：青海宝卷研究 [M]．北京：中国社会科学出版社，2013。
[18] 刘勇强：话本小说叙论：文本诠释与历史构建 [M]．北京：北京大学出版社，2015。
[19] 陆永峰，车锡伦：吴方言区宝卷研究 [M]．北京：社会科学文献出版社，2012。
[20] 美・罗伯特・芮德菲尔德：农民社会与文化：人类学对文明的一种诠释 [M]．北京：中国社会科学出版社，2013。
[21] 齐裕焜：明代小说史 [M]．杭州：浙江古籍出版社，1997。
[22] 尚丽新，车锡伦：北方民间宝卷研究 [M]．北京：商务印书馆，2015。
[23] 宋莉华：明清时期的小说传播 [M]．北京：中国社会科学出版社，2004。
[24] 谭正璧：话本与古剧 [M]．上海：上海古籍出版社，2012。
[25] 王文宝：中国俗文学发展史 [M]．北京：北京燕山出版社，1997。
[26] 王熙远：桂西民间秘密宗教 [M]．桂林：广西师范大学出版社，1994。
[27] 吴光正：中国古代小说的原型与母题 [M]．北京：社会科学文献出版社，2002。
[28] 萧相恺：宋元小说史 [M]．杭州：浙江古籍出版社，1997。
[29] 薛宝琨，鲍震培：中国说唱艺术史论・明清宝卷通论 [M]．石家庄：花山文艺出版社，1990。
[30] 杨义：中国叙事学 [M]．北京：人民出版社，2009。
[31] 叶德均：宋元明讲唱文学 [M]．北京：商务印书馆，2015。
[32] 张俊：清代小说史 [M]．杭州：浙江古籍出版社，1997。
[33] 赵毓龙：西游故事跨文本研究 [M]．北京：中国社会科学出版社，2016。
[34] 郑振铎：中国俗文学史 [M]．北京：商务印书馆，2005。
[35] 周秋良：观音故事与观音信仰研究：以俗文学为中心 [M]．广州：广东高等教育出版社，2011。

▲期刊论文

[1] 蔡铁鹰：《西游记》“金丹大道”话头寻源：兼及嘉靖年间民间宗教对取经故事

的引用和改造 [J]. 宗教学研究，2012（3）。
[2] 车锡伦：宝卷的形成和早期的佛教宝卷 [J]. 文史知识，2006（1）。
[3] 车锡伦：宝卷中的俗曲及其与聊斋俚曲的比较 [J]. 蒲松龄研究，2000（Z1）。
[4] 车锡伦：佛教与中国宝卷 [J]. 圆光佛学学报，1992（4）。
[5] 车锡伦:《金瓶梅词话》中的宣卷——兼谈《金瓶梅词话》的成书过程 [J]. 明清小说研究，1990（Z1）。
[6] 车锡伦：明代的佛教宝卷 [J]. 民俗研究，2005（1）。
[7] 车锡伦：吴语区宣卷概说 [J]. 扬州师院学报，1990（4）。
[8] 车锡伦：形成期之宝卷与佛教之忏法、俗讲和“变文”[J]. 民族文学研究，2011（1）。
[9] 车锡伦：新发现的清初南无教《泰山圣母苦海宝卷》[J]. 河南教育学院学报，2009（1）。
[10] 车锡伦：中国宝卷的发展、分类及其社会文化功能 [A]. 中国文学的多层面探讨国际学会议论文集 [C]. 台湾大学中文系，1996。
[11] 车锡伦：中国宝卷的形成及其演唱形态 [J]. 敦煌研究，2003（2）。
[12] 车锡伦：中国宝卷的渊源 [J]. 扬州大学学报，2000（5）。
[13] 陈洪：从孙悟空的名号看《西游记》成书的“全真化”环节 [J]. 中国高校社会科学，2013（4）。
[14] 陈宏:《二郎宝卷》与小说《西游记》关系考 [J]. 甘肃社会科学，2004（2）。
[15] 陈洪，陈宏：论《西游记》与全真教之缘 [J]. 文学遗产，2003（6）。
[16] 陈毓罴：新发现的两种《西游宝卷》考辨 [J]. 中国文化，1996（13）。
[17] 程瑶：河西民间宗教宝卷的叙事体制 [J]. 宗教学研究，2016（2）。
[18] 丁一清：西北宝卷与明清小说传播 [J]. 哈尔滨师范大学社会科学学报,2014(5)。
[19] 段平：论“宝卷”的宗教色彩和艺术特征 [J]. 兰州大学学报，1985（3）。
[20] 范军：佛教“地狱巡游”故事母题的形成及其文化意蕴 [J]. 华侨大学学报，2005（3）。
[21] 方梅：江浙宝卷中神鬼信仰体系及其内涵浅探 [J]. 东南文化，1993（3）。
[22] 傅守祥：文学经典的生成与传播研究 [J]. 温州大学学报，2018（1）。
[23] 韩秉方：罗教“五部六册”宝卷的思想研究 [J]. 世界宗教研究，1986（4）。
[24] 胡胜:《西游记》与全真教关系辨说：以“车迟斗圣”为中心 [J]. 社会科学

辑刊，2016（6）。
[25] 来新夏：破邪详辩初探 [J]．安徽史学，1985（3）。
[26] 黎丹：岭南木鱼歌与江南宣卷比较研究 [J]．中国音乐，2015（2）。
[27] 李丽丹：源同形异说差别：汉川善书与宝卷之比较 [J]．湖北民族学院学报，2006（6）。
[28] 李维，郑红翠：中国古代游冥故事中的冥界官僚系统论略 [J]．江汉论坛，2011（5）。
[29] 李世瑜：宝卷新研——兼与郑振铎先生商榷 [A]．文学遗产增刊 [C]．北京：作家出版社，1957。
[30] 李文辉：宝卷与小说:《金阙化身玄天上帝宝卷》故事源流考论 [J]．中国古代小说戏剧研究，2015。
[31] 李志鸿：后土信仰与中国民间信仰 [J]．世界宗教文化，2018（3）。
[32] 刘守华：从宝卷到善书——湖北汉川善书的特质与魅力 [J]．文化遗产，2007(1)。
[33] 刘荫柏:《西游记》与元明清宝卷 [J]．文献，1987（4）。
[34] 刘永红：明清宗教宝卷中的西王母形象与信仰 [N]．青海日报，2011-07-20。
[35] 陆永峰：论宝卷中的民间冥府信仰 [J]．民族文学研究，2011（4）。
[36] 陆永峰：民间宝卷的抄写 [J]．民俗研究，2012（4）。
[37] 马西沙：宝卷与道教的炼养思想 [J]．世界宗教研究，1994（3）。
[38] 苗怀明：宝卷文献研究述略 [J]．中国古代小说戏剧研究，2016。
[39] 南帆：论小说的情节模式 [J]．上海文学，1985(10)。
[40] 潘建国：明清时期通俗小说的读者与传播方式 [J]．复旦学报，2001（1）。
[41] 邵颖涛：古代巡游地狱小说的心理体验与文化内涵 [J]．西华大学学报，2011。
[42] 邵颖涛：论清代小说中的幽冥空间 [J]．山西师大学报，2011（4）。
[43] 邵颖涛：明清巡游冥界题材小说之文学渊源与观念演变 [J]．明清小说研究，2013（1）。
[44] 邵颖涛：巡游泰山地府题材小说流变与冥界观的演进 [J]．学术论坛，2011(7)。
[45] 孙鸿亮：山西介休宝卷与陕北说书 [J]．安康学院学报，2013（4）。
[46] 谭帆：稗戏相异论——古典小说戏曲“叙事性”与“通俗性”辨析 [J]．文学遗产，2006（4）。

[47] 谭帆："俗文学"辨 [J]. 文学评论，2007（1）。
[48] 万晴川：以明清民间宗教宝卷考察《西游记》的版本演变 [J]. 中国文学研究，2007（1）。
[49] 王定勇：宝卷与道情关系论略 [J]. 文化遗产，2015（4）。
[50] 王立：中国古代冥游母题几种类型及演变过程——兼谈冥间世界对于阳世官场腐败的揭露 [J]. 东南大学学报，2003（3）。
[51] 王增宝："情节"研究的理论框架 [J]. 文艺理论研究，2009（3)。
[52] 吴光正：何仙姑宝卷的宗教内涵 [J]. 宗教学研究，2004（1）。
[53] 向达：明清之际之宝卷文学与白莲教 [J]. 文学，1934（6）。
[54] 谢燕清：大传统与小传统——白蛇故事的三期型变 [J]. 民族研究，2007（1）。
[55] 叶舒宪：中国文化的大传统与小传统 [J]. 党建，2010（7）。
[56] 虞卓娅：《雷峰塔》传奇与《雷峰宝卷》[J]. 浙江海洋学院学报，1999（4）。
[57] 张昱琮：人口政策与人力资源开发 [J]. 人口学刊，2002（2）。
[58] 张颔：山西民间流传的"宝卷"抄本 [J]. 火花，1957（3）。
[59] 张经洪：《明宗孝义达本宝卷》解析——释大宁的宗教伦理观与宋明理学之互摄 [J]. 兰州文理学院学报，2015（3）。
[60] 张灵：宝卷对小说的改编及其民间文学特征的彰显 [J]. 文学评论，2012（2）。
[61] 张灵："西游"宝卷的取材特点及原因探析 [J]. 学术界，2014（4）。
[62] 张灵，孙逊：从宝卷对小说的改编看民间多神信仰的历史生成 [J]. 明清小说研究，2013（2）。
[63] 张灵，孙逊：小说"入冥"母题在宝卷中的承续与蜕变 [J]. 上海师范大学学报，2012（2）。
[64] 章培恒：关于现存的所谓"宋话本"[J]. 上海大学学报，1996（1）。
[65] 张馨心：河西宝卷与河西讲唱文学关系——以《方四姐宝卷》为例 [J]. 敦煌学辑刊，2013（1）。
[66] 赵毓龙："孙悟空"如何成为有"明星效应"的经典形象 [J]. 文汇报，2018(8）。
[67] 赵毓龙，胡胜：论百回本时代"西游故事"的场上传播——以清代"牛魔王家族故事"为例 [J]. 华中师范大学学报，2018（11）。
[68] 赵毓龙，胡胜：论古代通俗文艺伦理叙事中角色的"道德困境"——以"江流儿"故事中的殷氏为例 [J]. 福建论坛，2018（5）。

[69] 赵毓龙，胡胜：论明清小说在孙悟空形象传播中的话语功能 [J]．东北师大学报，2017（5）。

[70] 赵毓龙，胡胜：清代“西游戏”重构故事的独异性——以牛魔王家族故事为例 [J]．吉林大学社会科学学报，2018（6）。

[71] 郑红翠：《醋葫芦》游冥情节与明清“妒妇题材”小说的疗妒手段 [J]．北方论丛，2009（2）。

[72] 郑红翠：明清游冥故事与小说叙事手段 [J]．明清小说研究，2014（3）。

[73] 郑红翠：游冥故事与中国古代小说大团圆结局方式 [J]．学术交流，2013（7）。

[74] 郑红翠：游冥故事与中国古代小说劝惩 [J]．黑龙江社会科学，2014（2）。

[75] 郑红翠：游冥故事与中国古代小说叙事结构 [J]．学术交流，2016（12）。

[76] 郑红翠：中国古代游冥故事的分布及类型特征探析 [J]．学术交流，2009（3）。

[77] 郑红翠：中国古代游冥故事中两岸世界的互动 [J]．文艺评论，2012（10）。

[78] 郑振铎：三十年来中国文学新资料的发现史略 [J]．文学，1934，2（6）。

[79] 朱恒夫：《窦娥宝卷》与北杂剧《窦娥冤》之比较 [J]．戏曲研究，2003（3）。

[80] 朱瑜章：河西宝卷存目辑考 [J]．文史哲，2015（4）。

▲学位论文

[1] 戴明月：吴语区宝卷的土地信仰 [D]．扬州：扬州大学，2016。

[2] 李凤英：探论河西宝卷中的儿童文学及儿童形象 [D]．兰州：兰州大学，2011。

[3] 罗兵：“西游”宝卷研究 [D]．沈阳：辽宁大学，2016。

[4] 孙小霞：酒泉宝卷与话本小说的文体共性初探 [D]．兰州：兰州大学，2010。

[5] 王欢：中国民间的财神信仰与财神宝卷研究 [D]．扬州：扬州大学，2010。

[6] 曾友志：宝卷故事之研究 [D]．台北：“中国文化大学”，1999。

[7] 张灵：民间宝卷与中国古代小说 [D]．上海：上海师范大学，2012